GRöLS Verlage

„Bücher sind wie Fallschirme. Sie nützen uns nichts, wenn wir sie nicht öffnen.“

Gröls Verlag

Redaktionelle Hinweise und Impressum

Das vorliegende Werk wurde zugunsten der Authentizität sehr zurückhaltend bearbeitet. So wurden etwa ursprüngliche Rechtschreibfehler regelmäßig *nicht* behoben, denn kleine Unvollkommenheiten machen das Buch – wie im Übrigen den Menschen – erst authentisch. Mitunter wurden jedoch zum Beispiel Absätze behutsam neu getrennt, um den Lesefluss zu erleichtern.

Um die Texte zu rekonstruieren, werden antiquarische Bücher von Lesegeräten gescannt und dann durch eine Software lesbar gemacht. Der so entstandene Text wird von Menschen gegengelesen und korrigiert – hierbei treten auch Fehler auf. Wenn Sie ebenfalls antiquarische Texte einreichen möchten, finden Sie weitere Informationen auf www.groels.de

Viel Freude bei der Lektüre wünscht Ihnen das Team des Gröls-Verlags.

Adressen

Verleger: Hermann-Josef Gröls,

Im Borngrund 26, 61440 Oberursel

Externer Dienstleister für Distribution & Herstellung:

BoD, In de Tarpen 42, 22848 Norderstedt

Unsere „Edition | Werke der Weltliteratur“ hat den Anspruch, eine der größten und vollständigsten Sammlungen klassischer Literatur in deutscher Sprache zu werden. Nach und nach versammeln wir hier nicht nur die „üblichen Verdächtigen“ von Goethe bis Schiller, sondern auch Kleinode der vergangenen Jahrhunderte, die – zu Unrecht – drohen, in Vergessenheit zu geraten. Wir kultivieren und kuratieren damit einen der wertvollsten Bereiche der abendländischen Kultur. Kleine Auswahl:

Francis Bacon • Neues Organon • **Balzac** • Glanz und Elend der Kurtisanen • **Joachim H. Campe** • Robinson der Jüngere • **Dante Alighieri** • Die Göttliche Komödie • **Daniel Defoe** • Robinson Crusoe • **Charles Dickens** • Oliver Twist • **Denis Diderot** • Jacques der Fatalist • **Fjodor Dostojewski** • Schuld und Sühne • **Arthur Conan Doyle** • Der Hund von Baskerville • **Marie von Ebner-Eschenbach** • Das Gemeindekind • **Elisabeth von Österreich** • Das Poetische Tagebuch • **Friedrich Engels** • Die Lage der arbeitenden Klasse • **Ludwig Feuerbach** • Das Wesen des Christentums • **Johann G. Fichte** • Reden an die deutsche Nation • **Fitzgerald** • Zärtlich ist die Nacht • **Flaubert** • Madame Bovary • **Gorch Fock** • Seefahrt ist not! • **Theodor Fontane** • Effi Briest • **Robert Musil** • Über die Dummheit • **Edgar Wallace** • Der Frosch mit der Maske • **Jakob Wassermann** • Der Fall Maurizius • **Oscar Wilde** • Das Bildnis des Dorian Grey • **Émile Zola** • Germinal • **Stefan Zweig** • Schachnovelle • **Hugo von Hofmannsthal** • Der Tor und der Tod • **Anton Tschechow** • Ein Heiratsantrag • **Arthur Schnitzler** • Reigen • **Friedrich Schiller** • Kabale und Liebe • **Nicolo Machiavelli** • Der Fürst • **Gotthold E. Lessing** • Nathan der Weise • **Augustinus** • Die Bekenntnisse des heiligen Augustinus • **Marcus Aurelius** • Selbstbetrachtungen • **Charles Baudelaire** • Die Blumen des Bösen • **Harriett Stowe** • Onkel Toms Hütte • **Walter Benjamin** • Deutsche Menschen • **Hugo Bettauer** • Die Stadt ohne Juden • **Lewis Caroll** • *und viele mehr….*

Inhalt

Achim von Arnim - Erzählungen

Rembrandts Versteigerung

Frau Rembrandt, barfuß aufgeschürzt,
So manchen Eimer Wasser stürzt
Auf bunte Fliesen in dem Flur
Und reibt sie ab, wo Menschenspur;
Sie wäscht das Haus, weil heut Sonnabend,
Treppauf treppab beim Scheuern trabend
Mit trüber Lampe breitem Schimmer,
Denn Wasserdampf füllt Flur und Zimmer
Von heißer Lauge, die verwendet,
Wo Fett den Boden hat geschändet,
Und immer plagt sie der Gedanke,
Daß er noch an den Flecken kranke,
Die, in der Nässe nicht gesehen,
Beim Trocknen wieder auferstehen! –
Solch Werk erfordert Kunst und Kraft,
Die Magd ihr nie zu Danke schafft,
Und nur der Straße Reinigung
Gibt sie der Magd hin, die noch jung
Sich gern vom Nachbarsohn läßt necken
Und dann bespritzt den jungen Gecken
Mit ihrer Feuerspritze Strahl,
Das gibt dann Scherze ohne Zahl! –
Jetzt höret sie der Frauen Stimme,
Gleich greift sie zu mit rechtem Grimme,
Weist ab des Nachbars Scherzgeliebel
Und treibt den Wasserstrahl zum Giebel,
Der glatt mit Ölfarb' angestrichen. –
Der Woche Staub ist gleich gewichen,

Und auch die Fenster glänzen hell
Im Mondenschein, wie Meereswell',
Durch grüner Linden runde Bogen,
Die um die Fenster sind gezogen;
Ja, sie poliert der Türe Knöpfe
Und hält sie auch für Gotts Geschöpfe,
Weil sie, wie Löwenköpf' gegossen,
Den Klopfring tragen unverdrossen,
Der so lebendig ihr erklingt,
Wenn sie ihr Morgenliedchen singt
Und all die Malerschüler kommen, –
Da wird ihr Herz so schön beklommen! –
Herr Rembrandt in der Werkstatt sitzt,
Wo er sich gegens Wasser schützt,
Weil sonst die teuren Bilder leiden.
Die Sorge macht die Frau bescheiden,
Und nur aus diesem einz'gen Grund
Sie läßt ihm Ruh zu aller Stund
Und auch den Staub in allen Ecken,
Der sonst die Bilder könnt' bedecken,
Indessen jeder Klinkerstein
Im Straßenpflaster blinket rein.
Weil ihm die Lampe ist versagt,
Die jetzt der großen Wäsche tagt,
So freut er sich am Mondenschein
Und sitzt vor seinen Staffelein,
Sieht dort die Edelstein' erblitzen,
Die er gemalt an Priestermützen,
Und listig winkt ihm Bathseba,
Weil sie ihm steht so freundlich nah. –
Das gute Weib im Bild begrüßt er,
Und gleich bedanken sich die Priester,
Die in dem Tempel halten Rat,
Als ob er sie zum Essen bat,

Indessen die radierten Platten
Mit leisem Brausen Dank erstatten,
Daß jetzt des Scheidewassers Kraft
Sie wohl ein tausendmal erschafft.

Dann kann er auch bei Mondlicht sehen
Brot, Butter, Käse, wie sie stehen
Auf wohlgedecktem Tisch bereit.
Zum Kochen fehlte heut die Zeit,
Die kalte Küch' ist sein Vergnügen
Und dünnes Bier mit vollen Zügen.
Indessen kommt ein fremder Mann
Zum Haus herein, trotz allem Bann,
Den dieser Rein'gungsabend spricht;
Besuche gibt und nimmt man nicht
An solchem heil'gen Abend an.
Der fremde Mann gedenkt nicht dran,
Geht trotzig bei der Magd vorbei,
Als ob er heut bestellet sei,
Ins Haus hinein, fragt mit Gewicht,
Als ob er mit der Magd jetzt spricht,
Des Hauses Frau: Ob heut der Herr
Für wicht'ge Ding' zu Hause wär'? –
Weil er so stolz und wichtig fragt,
So zeigt sie ihm die Tür verzagt,
Indessen sie ihr Angesicht
Versteckt vor ihrem eignen Licht,
Weil sie nicht gern in bloßen Füßen
Ihn wollte hier als Frau begrüßen:
Sie schämt sich noch vor sich allein,
Als er zur Werkstatt längst hinein,
Und schilt die Magd, die ihre Tür
Nicht hat bewachet nach Gebühr.

Zur Werkstatt geht der Fremde ein,
Und Rembrandt meint, die Frau müßt's sein,
Und ruft ihr zu: „Komm, liebe Grete,
Sieh her, wie leuchtet mein Prophete,
Ich mein, er sagt mir Neuigkeit
Von einer mächt'gen Ewigkeit!“ –
Da sieht er erst den Irrtum ein,
Der Herr erscheint im Mondenschein
Mit seinem Kleid von rotem Samt,
Das nach der Farb' aus Genua stammt,
Mit Spitzenkragen überhangen,
Mit goldnen Ketten, roten Wangen,
Streckt aus die Hand mit goldnen Ringen,
Und Balsamdüfte von ihm dringen.
Er preiset glücklich diese Stunden,
Weil er den Meister Rembrandt funden,
Er wolle großes Glück ihm bringen
Und hohe Preise ihm erringen.

Verwundert sieht der Alt' ihn an
Und weiß nicht, was das für ein Mann,
Der so pathetisch reden kann.
Und doch mit seinem krummen Rücken
Ganz deutlich zeigt, er könn' sich bücken.
Sein Antlitz wie ein stumpfer Besen,
Als ob er weit herum gewesen;
Auch läßt an seinem Schmuck sich raten,
Daß er was gilt bei Potentaten.
„Wie heißt Ihr, Herr?“ spricht unser Alter,
„Ihr schimmert wie ein Schatzverwalter.“ –
„Ich nenne mich Don Raphael!“
Bedeutsam sagt es der Gesell,
Als ob ihn jeder müßte kennen,
Wenn er tät seinen Namen nennen.

Und Rembrandt meint, es sei der Meister,
Der längst im Reiche aller Geister;
Geschichte war nicht seine Stärke,
Doch sah er manches seiner Werke.

„Den Namen hab ich oft vernommen,“
Spricht Rembrandt, „und Ihr seid willkommen,
Nicht weil die Menge Euch verehrt,
Nein, weil Ihr jeder Ehre wert.
Ihr maltet viel, mit Eurem Namen
Viel schöne Bilder zu uns kamen.“ –
„In alle Land' hab ich gehandelt“,
Spricht jener, „manches Bild verwandelt,
Doch meinen Namen setz ich nie,
Wo ich gewirket mit Genie;
Ja, ein Geheimnis ist es allen,
Warum die Bilder so gefallen,
Die ich beschattet und beleuchtet,
Mit meinem Firnis hab befeuchtet.“ –
„Doch was gestochen Mark Anton,“
Sagt Rembrandt, „spricht der Lüge Hohn,
Das muß von Euch gezeichnet sein,
Das ist gewiß kein leerer Schein.“ –
„Mein Name scheint Euch zu verwirren,“
Spricht jener, „und Ihr müßt Euch irren,
Ihr denkt wohl, daß ich Euch will prell'n
Und mich vergleich mit Raphaeln,
Den jüngst noch alle Welt verehrt,
Bis die Antike uns belehrt;
Nein, Herr, ich mag mit dem nicht tauschen,
Er kann sich nicht mit Wein berauschen,
Er kann nicht malen mehr noch küssen,
Denn er ist tot, Ihr müßt es wissen.“ –

„Ich wollt', ich könnt' euch beid' austauschen,“
Sagt Rembrandt, „jenem möcht' ich lauschen,
Das war ein Meister; – doch verzeiht,
Ich will mit Euch jetzt keinen Streit,
Inzwischen nehmt mit mir vorlieb,
Wer mehr gibt, als er hat, ist Dieb.
Ein blöder Hund wird niemals fett,
Greift zu, es ist ein Käs, ich wett,
Wie Ihr in Rom noch keinen funden,
Zur Hochzeit ward er angebunden,
Fast dreißig Jahre sind es her,
Nun ist er reif, bei meiner Ehr'.“

Den Fremden kränkt der Käseduft
Und auch die Scheidewasserluft,
Die von den Platten sich erhebt,
Von einer Seit' zur andern bebt,
Das Essen alles von sich weist
Und spricht nur, wie er weit gereist,
Und was er in Paris gegessen,
Wieviel Antiken er besessen,
Und überall nach ihrem Rat
Das Beste an den Werken tat.

„Ihr rühmt mir immer die Antike,“
Spricht Rembrandt, „als die Eselsbrücke
Auf der man zur Unsterblichkeit
Gelangen kann in kurzer Zeit;
Das las ich schon – je wartet doch,
Es liegt ein Brief in jenem Loch,
Ich konnt' die Unterschrift nicht lesen,
Nun merk ich wohl, Ihr seid's gewesen,
Der sich bei mir hat angemeldt
Mit großen Worten, wie ein Held.

Ihr lobtet mich mit Himmelsgeigen
Und tadeltet, was mir hier eigen,
Und sagtet mir, wie ich geehrt,
Und wie mein Streben ganz verkehrt;
Ihr rühmtet meiner Werke Leben,
Noch sollt' ich, der Antik' ergeben,
Nur lauter kleine Nasen malen,
Die Menschen drehn zum Idealen,
So war nun, wenn ich recht verstand,
Der gute Rat von Eurer Hand." –

Der fremde Herr besann sich jetzt,
Es schien ihm, daß sein Rat verletzt,
Es wollte hier kein Wort mehr passen,
Der Alte hatt so eignes Spaßen,
So einen eignen, tiefen Blick,
Die Flachheit wird zum Mißgeschick. –
Zu seinem Glück die Magd tritt ein
Mit eines Lichtes hellem Schein;
Er sieht die Wang', die rot wie's Mieder,
Und schlägt das Aug' geblendet nieder.
„Nun Herr," spricht Rembrandt, „ist antik
Dies dicke Kind, Ihr scheut den Blick?" –
Der Fremde lächelt, nimmt die Hand
Der Magd, als wär' sie ihm bekannt,
Die, von der Ehre ganz beschämt,
Sich seinem Handkuß gern bequemt,
Denn herrlich glänzt der Wams des Fremden,
Und von Batist sind seine Hemden,
Indes der Alt' in seinem Kittel,
Wie'n Armenvater aus dem Spittel,
Mit Farben hat das Kleid beschmiert,
Als er ob selber sich grundiert,
Und nebenher ein Schiff geteert

Und einen Misthof ausgeleert! –
„Halt,“ ruft der Alte, „nur nicht weiter
Auf der modernen Künstlerleiter,
Befleißigt Euch nur der Antike,
Sonst liefert Ihr nicht Meisterstücke.“

Verlegen greift der Herr zum Brot,
Das Rembrandt ihm vorher anbot,
Verlegen fängt er an zu kauen
Und rühmt, wie Künste ihn erbauen,
Wie er die Kunst möcht' weiterbringen,
Doch woll' es ihm nicht stets gelingen.
Er scheint gekränkt, er will aufstehen,
Doch Rembrandt spricht: „Ihr dürft nicht gehen,
Zwar bin ich alt, doch kann ich lernen
Und noch gewinnen die Quaternen,
Wenn ich vereint vier Elemente,
Die Gott durch Zeit und Raum sonst trennte,
Und einen Fünftelsaft mir kochte
Aus allem, was die Kunst vermochte.
Doch gebt mir an, wie Ihr es macht,
Daß Ihr ein Bild zustand gebracht,
Wenn Euch so viele Grillen plagen,
Ich würde schier dabei verzagen,
Sollt' ich an Römern und an Griechen,
Wie Ihr an Balsambüchschen, riechen:
O, sagt mir, Herr, wie fangt Ihr's an,
Daß Ihr dabei noch bleibt ein Mann?“ –

Das war nun Wasser auf der Mühle
Des fremden Herrn, er war beim Ziele
Und sprach, wie er aus Zeichenbüchern
Der Schönheit Messung tät versichern,
Wie er die Schönheit modelliere,

Und zwar erst nackt, und dann drapiere,
Wie er ein Dutzend Gliedermänner
Zu seinem Dienste brauch' als Kenner,
Und viele hundert Händ' und Füße
Sich in Italien formen ließe
Und alles prüfe nach Ellipsen,
Nach alten Steinen, Bronzen, Gipsen,
Wie er bei einem Schneider übte,
Das Maß zu nehmen, sich verliebte,
Um nur der Schönheit Maß zu nehmen,
Zu Stellungen sie zu bequemen;
Wie er sich nun die Werkstatt baue,
Daß er drin Riesenbilder schaue
Wohl achtzig Schuhe in die Höhe,
Damit ein ganzer Markt sie sehe,
Und wie sein Werk würd' viel' vernichten,
Nur Jupiter könn' drüber richten.

„Versäumt Euch nicht, Ihr seid nicht jung,“
Spricht Rembrandt, „später fehlt der Schwung,
Der über Schwierigkeiten setzt
Im Sprung, weil noch kein Fuß verletzt;
Doch weil dies große Werk nur Plan,
Fühl ich Euch lieber auf den Zahn,
Was Ihr bisher mit Lob gemalt,
Wie hoch die Leute es bezahlt?“

„Ach,“ ruft der Herr, „die reichen Leute,
Die werden Sudlern jetzt zur Beute,
Es wollte niemand mir bezahlen,
Was ich vollbracht in solchen Qualen;
Doch lag es nur am edlen Stil,
Daß es den Leuten nicht gefiel.
Ich reiste, – den Gewinn zu stärken,

Trieb ich den Handel mit den Werken
Der Meister, die auf schlechtem Leisten
Geschlagen, wohlgefalln den meisten;
Ich kauft' manch Bild der Niederlande,
Der Handel bracht' der Kunst wohl Schande,
Doch vieler hohen Herren Gunst,
Die ich entbehrt in eigner Kunst.
Ich reise und ich lasse malen,
Was reiche Herren gut bezahlen.
Ihr, Rembrandt, seid mir ein Problem,
Den Menschen fremd, doch angenehm
Verdunkelt Ihr die besten Werke
Mit Eures Lichtes stumpfer Stärke.
Es kann kein andrer das erringen,
In jedem Strich ist ein Gelingen,
Und wo Ihr Fehler habt gemacht,
Da wird's zum Meisterwerk gebracht,
Wenn Ihr es bessert; zur Entdeckung
Wird jedes Fehlers Kunstbedeckung,
Zum neuen Schritt auf Farbenbahn,
Und alle Regel wird zum Wahn.
Nur eins, das finden sie zu tadeln,
Ihr solltet Euch durch Zeichnung adeln.
Ich zahle Euch das Doppelte,
Wenn Zeichnung sich verkoppelte
Der wunderbaren Farbe Haltung,
Wenn eine mächtige Gestaltung
Aus Götterhelden kühn entglühte,
Statt jener alten Judenmythe!“

Der Alte sieht so schalkhaft drein,
Weiß nicht, soll's Lob, soll's Tadel sein,
Ob er ihn schenke oder nehme,
Ob er ihn kräft'ge oder lähme,

Doch endlich bricht er also los:
„Nicht müßig blieb die Hand im Schoß,
Seit ich den Brief von Euch empfangen.
Mir ist ein Licht drin aufgegangen,
Ich seh's, die Zeichnung fehlet mir.
Denkt nur, ich glaubte stets von ihr,
Sie sei vom Malen ganz verschieden,
Ich hab sie drum so streng gemieden,
Daß selbst der schwarze Stift nur Zeichen
Von Farben war, die zu erreichen
Ich selbst mit Farben nicht vermocht,
Die ich mit Müh mir selbst gekocht;
Denn sie sind Bilder nur vom Klaren,
Das wir im innern Geist bewahren,
Des Lichtes Bild, das in die Tiefen
So mächtig drang, daß alle riefen
Ihr stammelnd Lied dem ew'gen Geist,
Der seine Schöpfung neu beweist
An jedes Tages Morgenstunde,
Zur Wahrheit jener schönen Kunde,
Die uns zum Morgenland geleitet,
Wo sie im Geiste ward gedeutet! –
Vor diesem Licht die Zeiten schwinden,
Den Herrn der Zeiten zu verkünden,
Der da im niedern Stall geboren,
Als Stern der Weisen auserkoren
Zum Judentempel ward geführt,
Und nicht, wo Jupiter regiert.
Ihr wundert Euch, das scheint Euch nichtig
Und ich im Kopfe gar nicht richtig,
Weil ich nicht mag mit Euren Griechen
Bei schönem Schein in mir versiechen
Zur Schalheit leerer Maskenscherze;
Ich suchte Gold in edlerm Erze!

Doch nicht für mich, ich brauch es nicht,
Nur für den Sohn, den armen Wicht,
Der von der Kunst nichts kann begreifen,
Für ihn möcht' ich die Gelder häufen;
Der gute Jung kann nichts verdienen,
Ich muß eintragen wie die Bienen,
Damit die Brut zu leben hat,
Wenn ich bin matt und arbeitssatt.
Da seht im Bild den art'gen Jungen,
Der jenen Priester hält umschlungen,
Das ist mein Titus, er regiert
Im Schlaf das Haus, wie sich gebührt
Bei solchem hohen Kaisernamen,
Ihn brachten schon zu Bett die Damen,
Damit er sich nur nicht erkälte, –
Ich geb das Geld und doch nichts gelte
In meinem Haus, – nun Gott mag's bessern,
Der Jung ist einer von den Fressern,
Die, nimmer satt und immer träge,
Dem Herrn befehlen ihre Wege."

„Vertrat er schon die Kinderschuhe?"
Sagt da der Herr, „ein Kind braucht Ruhe,
Und wir vergessen nur zu leicht,
Wie wir als Kinder uns gezeigt."
„Was, er ein Kind?" ruft Rembrandt aus,
„Ihr spottet mein im eignen Haus,
Großjährig ist er, das weiß jeder,
Ihr brach't das Herz mir um so schnöder,
Je wen'ger ich das Kritisieren
Mir irgend zu Gemüt wollt' führen." –
Der Kenner fühlt sich ganz bezwungen
Von solchem Wort, das ihm erklungen,
Sein feines Lächeln macht jetzt Platz

Dem würd'gen Ernst bei diesem Satz,
Er bittet um Entschuldigung,
Wenn er den Sohn noch hielt für jung.

„Ihr müßt mir auch nichts übelnehmen,“
Sagt Rembrandt, „und ich muß mich schämen,
Wenn einer von dem Sohne spricht; –
Es ist vorüber, – nehmt das Licht, –
Es wird Euch mehr Vergnügen machen,
Wir reden von antiken Sachen;
Denn heimlich sammle ich Antiken,
Mein kleines Haus damit zu schmücken.
Fällt Euch die Bathseba nicht auf? –
Sie steht hier nicht für Euch zu Kauf,
Doch bald erkennen Eure Blicke,
Sie ward gemalt nach der Antike,
Die ich entdeckt am Meeresstrand,
Dem Marmor reichte ich die Hand.“

„Am Meeresstrand?“ der Fremde fragt,
„O Freund, da fordert unverzagt,
Kein schlechtes Bild wird weit verfahren,
Neptun wollt' es im Sturm bewahren,
Fortuna gab's in Künstlers Hand,
Zum Ankauf hat mich Zeus gesandt.
O sagt, ist noch kein Glied verloren
Und auch nichts angesetzt von Toren,
Nichts abgerieben von den Wogen,
Dem Marmor nicht der Glanz entzogen?“ –
In seinem Eifer sieht er nicht
Der Frau noch blühend Angesicht,
Die leise in das Zimmer trat
In ihrem besten Sonntagsstaat,
Weil sie für einen Fürsten hält

Den Fremden, den die Pracht aufschwellt.
Und Rembrandt hat sie sanft umfangen
Und spricht: „Dafür habt ja kein Bangen,
Der Marmor ist noch unversehrt,
Vom Meer gereinigt, nicht zerstört;
Die Zeitflut ging an ihm vorüber,
Er ward darum mir noch viel lieber.
Er ward Antike durch die Zeit
So gut wie ich; als Neuigkeit
Bewahr ich sie mit Rosenwangen,
Wie ich an ihrem Hals gehangen,
Als Bathseba – Ihr seht Euch um,
Nehmt mir den Scherz nicht wieder krumm!" –
Nun merkt Don Raphael den Sinn,
Begrüßt die Frau, zum Bild geht hin
Und spricht: „Nun wird mein Auge hell,
Die Frau stand jugendlich Modell
Und zeigt der Schönheit Blumenspur,
Nachdem die Zeit gemäht die Flur:
O wenn die Frau zu kaufen wäre,
Ich gab mich selbst Euch preis auf Ehre."

Es blickt die Frau zum Boden nieder
Und schüttelt mit dem Kopfe wieder
Und spricht zum Mann: „Bist nicht gescheit,
Was weiß der Herr von unsrer Zeit,
Wie wir zuerst am Strand uns schauten
Und heimlich unsre Lieb' vertrauten?
Doch hört! Die Eltern waren streng,
Sie lauerten auf meine Gäng'
Und litten nicht die Freundlichkeit,
Weil Rembrandt, noch gar arm zur Zeit,
Sich selbst kaum konnt mit Müh ernähren;
Nur ich sagt' gleich: laßt ihn gewähren,

Der ist geschickt, der wird sich heben
Und besser als wir alle leben.“

„Was ich an Kunst gewonnen habe,“
Spricht Rembrandt, „nächst dem Malerstabe,
Woran ich angelehnt die Hand,
Ward durch die Frau mir zugewandt.
Die Bilder haben sie erfreut,
Als sie noch tadelten die Leut'
Im Dorf, weil sie zu dunkel wären;
Sie bracht' durch Klugheit mich zu Ehren! –
Ich malt' ein Bild vom bösen Sohn,
Wie der spricht seinem Vater Hohn;
Sie freut' sich dran und sagt' voraus,
Es würd' uns bringen eignes Haus,
Ich sollte nach der Stadt nur laufen,
Sie würden's mit Bewundrung kaufen.
Ich tat, wie sie mir riet. Am Tor
Kam einer mir entgegen, mich beschwor,
Daß ich's ihm ließ für hundert Gulden.
Kaum konnte ich mich da gedulden,
Heim ging ich reich an Seligkeit,
Das Leben schien in Einigkeit.
So trat ich zu des Vaters Tür,
Zog meinen Geldsack da herfür,
Still, ohne Reden, holt' er Anne
Und machte mich zu ihrem Manne.
Die Frau ward eine der Antiken,
Die mir geschenkt von den Geschicken;
Die andern hier im Winkel liegen,
Die meiner Kunst sich willig fügen,
Von denen ich so viel kann lernen,
Als die Propheten aus den Sternen.“

Der fremde Herr tritt mit dem Licht
Zum Haufen hin, verwundert spricht:
„Ihr meinet diesen Judenpelz?
Vertrat der Stelle des Modells?
Den Turban hier mit böhmschen Steinen
Mögt Ihr wohl als Antike meinen?“
„Ja, Herr,“ ruft Rembrandt, „diese Plundern,
Sie mögen Euch wohl recht verwundern,
Zwar nur von Juden eingetauscht,
Doch eine Stimme drinnen rauscht,
Die sich mir lange hat bewährt,
Weil sie den innern Sinn erklärt.
Seht den Talar von dem Rabinen:
Er mußte hier zum Bilde dienen,
Und dieser Edelstein so klar
Nach böhmschem Stein gemalet war;
In dieser Werkstatt Kellerdunkel
Erscheinen sie mir wie Karfunkel,
Ich fühl mich reich wie Salomo
Und weise auch und dazu froh! –
Ja, wenn mein Jude kommt gelaufen,
Will alte Kleider mir verkaufen,
So ist mir der Erfindung Quell
Gleich aufgedeckt und blitzet hell.
Mag der Kamin vom Torfe rauchen,
Wenn Morgenstrahlen niedertauchen
Auf dieses Kleid des Orients,
Im Aug' wie Balsamfeuer brennt's;
Und wie die Quelle treibt zur Mühle,
So treibt der Geist zu seinem Ziele,
Zum Sturze, zum Gebraus, zur Tiefe,
Als ob's vom Felsenhaus ihn riefe:
Du treibst und wirst getrieben, Geist,
Bis Strom und Scheitel ist beeist! –

Wein her! In Künsten ist kein Hadern,
Schon stockt das Blut in meinen Adern,
Mein Weib soll Euch vom besten bringen,
Den wir von unserm Six empfingen."

Und als die Frau hinausgegangen,
Da hat der Alte angefangen:
„Ich mag's ihr nicht ins Auge sagen,
Die Frau gehört zu heil'gen Sagen,
Sie lebte schon in jenen Zeiten,
Denn sie weiß alle auszudeuten.
Ich les' in ihrem Angesichte,
Wie jede Frau in der Geschichte
Geschaffen war und sich gehabt,
Denn sie ist wunderbar begabt,
Und bei so alter Abkunft Gaben
Kann sie nicht lesen den Buchstaben,
Sie kann nur waschen, scheuern, bürsten
Und liebt mich, läßt mich dennoch dürsten."

Jetzt kam die Frau mit dem Pokal
Und einer Flasche in den Saal
Und fragt den Herrn, ob er geweint,
Ein Tropfen ihm im Aug' erscheint.

Er spricht: „Wer würde nicht gerührt?
Mein höchstes Lob Euch, Frau, gebührt,
Wenn ich gedenk, wie Euer Rat
Den braven Mann erhoben hat."

„Wohl, Herr," spricht Rembrandt, „tragt ihr vor,
Was Ihr mir rietet als ein Tor,
Daß ich noch sollte Zeichnung lernen,
Eh ich mich könnt' von hier entfernen,

Und wenn die Frau den Plan gebilligt,
So sei von mir auch eingewilligt,
Doch trinkt voraus dem Genius,
Der überall regieren muß!“

„Ja, Frau,“ spricht jener, „höret an,
Was Eurem Mann noch frommen kann,
Helft mir, daß ich ihn dahin wende,
Wo Ruhm erschallet ohne Ende,
Zur reinen Kunst, zum Ideal,
Sonst schlüpft er durch, gleichwie ein Aal,
Und wird von keinem recht gefaßt,
Weil er nicht für das Kunstnetz paßt,
Das neue Zeit hat ausgespannt,
Worin ein jeder wird erkannt.
Gedenkt an Künstlerewigkeit,
Der Preis ist auch nicht Kleinigkeit,
Und doppelt würde ich bezahlen,
Wollt' er nach meinem Willen malen.
Glaubt mir, es kommt jetzt eine Zeit,
Die, ganz mit ihm in Widerstreit,
Nur den Verein von allem Schönen,
Nicht einzelnes Verdienst wird krönen,
Wo seines Pinsels Farbenwunder
Dem Tadel dienen als ein Zunder,
Um seiner Zeichnung Hohn zu sprechen:
Ha, sollte das den Trotz nicht brechen? –
Nichts ist auf Erden ganz vollkommen,
Der Tadel wird nicht gleich vernommen,
Ja, fragt Euch selbst: wozu die Bibel,
Wenn uns schon gnügte an der Fibel?
Wenn Wasser gnügt, wozu die Lauge?
Wie Besen hier, dort Schrubber tauge?
Das Bild dient recht zur Deutlichkeit,

Und Trotz führt zur Unleidlichkeit.
Der Künstler muß sich allem fügen
Und mit dem Teufel selber lügen
Und allen Engeln Wahrheit sagen,
Mit Gott und Welt sich wohl vertragen.“

Die Frau sieht ihn bedenklich an
Und spricht: „Die Kunst versteht mein Mann,
Ihr sollt nicht mein Vertrauen schwächen;
In seine Kunst darf ich nicht sprechen,
Ich weiß es, daß er tief studiert,
Und daß ihm großes Lob gebührt.
Es mag noch andre Maler geben,
Doch jeder Wein hat seine Reben:
Daß dieser Wein vom guten echten,
Das wird er in Euch selbst verfechten
Mit seinem Geist, mit seiner Kraft;
So auch mein Mann, wenn er was schafft,
Und sieht's noch so unscheinbar aus,
Behält er's doch nicht lang im Haus.“

Mit diesem Wort sie bietet an
Den Weinpokal dem fremden Mann,
Der auch mit einem derben Zug
Ihn leert, als wär' es nur ein Schluck.
Indessen Rembrandt seine Bibel
Aufschlägt und spricht: „Bei allem Übel
Ist Trost und Rat in diesem Buch,
Ihr habt daran gedacht mit Fug.
Und weil Ihr von der Bibel spracht,
Hab ich an diesen Spruch gedacht:
Niemand kann zweien Herren dienen!
Durch diesen Spruch die Künste grünen:
Ich bin mein Meister, diene mir,

Komm keinem andern ins Revier;
Was Euch in meinen Werken quält,
Mit meinem Besten ist's vermählt.
Ihr wißt die Bibel wohl auswendig,
Ich *eine* Stelle nur inwendig,
Daß ich in Treu sie ewig übe,
Gestärkt von Glauben, Hoffnung, Liebe:
Mehr will in meinen Kopf nicht ein,
Er sollte nun nicht anders sein.
Ihr meint, mein Werk sei bald vergessen,
Doch ich, ich spreche ganz vermessen:
Nach meinem Tod wird man erst wissen,
Was man besaß, und mich vermissen.
Ich sprech nicht gern zu meinem Lobe,
Doch stellt die Welt auf eine Probe,
Sagt ihr, ich sei gestorben heut,
Ihr werdet hören, wie sie schreit;
Ich stell mich tot, Ihr sollet sehen,
Wie alle Preise sich erhöhen
Von meinen Bildern, Kupferstichen,
Sie werden fühlen, wer erblichen,
Und mein Gewinn wird Euch bewähren,
Daß sich mein Ruhm nicht kann verjähren;
Ja, wetten wir, macht ein Gebot,
Denn ganz umsonst ist nicht der Tod."

Der Herr besinnt sich, schlägt dann ein:
„Die Probe soll verwettet sein!
Die Bathseba von Eurer Seite
Mit meinem Diamantring streite.
Fragt jeden Kenner, was er wert,
Zweitausend Goldstück' sind beschert,
Wenn sie Euch lieber als der Ring,
Doch ich behalt das schöne Ding,

Wie es an meinem Finger blinkt,
Wenn er nach Eurem Bilde winkt,
Bedenkt Euch wohl, noch ist es Zeit,
Wir wetten keine Kleinigkeit!

„Ich trete nimmermehr zurück,"
Spricht Rembrandt, „nicht um kleines Glück
Beginn ich dieses Probesterben;
Zu prüfen meine Geisteserben,
Ob sie erkennen meine Müh,
Was mich getrieben spät und früh,
Danach erfüllt mich Neugierschauer,
Und wie dem Jäger auf der Lauer
Soll sich mir nahen das Gewild,
Das lustig über das Gefild
Hinspielet, weil es tot ihn meint,
Ihr wahrer Sinn mir dann erscheint:
Was sie nach meinem Tode denken,
Das soll mich ehren, soll mich kränken." –

„Die Wette sei also betrieben,"
Spricht jener, „ich hab aufgeschrieben
Die Preis' nach Größe Eurer Bilder,
Und bieten sie darauf noch wilder,
Als was ich Euch jetzt bieten kann,
So seid Ihr ein gemachter Mann,
Seht durch den Zettel, ob Ihr's billigt,
Ob's Preise sind, die Ihr verwilligt."

Es schüttelt mit dem Kopf die Frau,
Doch Rembrandt spricht: „Nur mir vertrau,
Die Preise hab ich durchgesehen,
Mein Tod soll doppelt sie erhöhen,
Und jener Ring ist echt und gut,

So einer gibt dem Finger Mut,
Er glänzet mir mit Liebesschein,
Ich schenk ihn dir, wenn er ist mein,
Und alles Geld, was ich erwerbe,
Gehört dem Titus, eh ich sterbe,
Ich leg's für ihn zu hohen Renten,
Daß er sich kaufet süße Brenten.“

So wird nun alles überlegt,
Und weil das Haus just rein gefegt,
So hat die Frau auch nichts dagegen:
Er soll sich gleich zu Grabe legen,
Und mit dem nächsten Morgenschein
Da soll die Trauerbotschaft sein.
Den fremden Herren schließt sie ein,
Der Titus muß sein Wächter sein,
Damit er nichts an andre sag',
Sie spielen miteinander Schach,
Denn das war ihres Titus Fach,
Damit verbringt er manchen Tag;
Der treuen Magd wird viel versprochen,
Hält sie ihr Schweigen unverbrochen.

Am Morgen kommen Schüler an,
Da klagt die Frau um ihren Mann,
Die laufen fort in ihrer Not,
Verkünden alle Rembrandts Tod,
Und daß sie nun die einz'gen wären,
Die sein Geheimnis könnten lehren.
Die Neuigkeit geht durch die Stadt,
Die Frau ist bald des Mitleids satt
Und sagt, daß sie auch baldigst sterbe,
Darum sei ihr der Schmerz nicht herbe.
Gleich fragen viele nach den Bildern,

Die Rembrandts Zimmer schön umschildern.
Sie spricht von der Versteigerung;
Gleich drängt zum Haus sich alt und jung,
Um das Verzeichnis zu erhalten,
Das Raphael weiß zu gestalten,
Wie es für Händler sich geziemt,
Daß Läng' und Breite drin gerühmt.
Es gibt ein Schreiben durch die Welt;
Aus allen Landen wird's bestellt;
Der fremde Herr hört wohl dies Drängen
Und will am Strumpfband sich erhängen,
Doch rettet ihn die fromme Magd,
Die seinem Herzen wohl behagt;
Er will's ihr lebenslang gedenken,
Daß sie ihn hinderte am Henken,
Und hat sie sich als Braut erkoren;
So ist die Zeit ihm nicht verloren.

Der Rembrandt kann ganz ruhig sitzen,
Er malet nachgelaßne Skizzen,
Die muß sein Weib ganz heimlich weisen,
Vertrödeln zu den höchsten Preisen,
Als hätt' sie die beiseit gebracht,
Noch eh der Katalog gemacht.

Die Magd dem Fremden rät gescheit,
Daß er auch nütze diese Zeit
Und ihren Einfluß auf den Herrn,
Der würde sich nicht lange sperrn
Und ihr auch solche Skizzen malen,
Verschwiegenheit ihr zu bezahlen,
Die solle er fernhin verkaufen,
So könn' er vom Verlust verschnaufen.
Sie läßt dem Rembrandt keine Rast,

Er muß ihr zeichnen für den Gast,
Und der gewinnt an solchen Skizzen,
Was er läßt in der Wette sitzen,
So daß er mit Beruhigung
Erwartet die Versteigerung.

Nun endlich ist der Tag erschienen,
Die Bilder hängen auf den Bühnen,
Es füllt ein Drang das ganze Haus,
Als ginge es zum Hochzeitschmaus,
Doch sind auch viele Fremde traurig,
Das ganze Haus ist ihnen schaurig:
Was ist ein Bild, wenn's noch so schön,
Wenn, der's gemalt, nicht mehr zu sehn?
Ein Goldstück gegen einen Stollen,
Aus dem viel goldne Adern quollen,
Und der nun eingesunken ist
Durch des gemeinen Wassers List.

Eh Bilder zur Versteig'rung kommen,
Sind Kupferstiche vorgenommen;
Der ganze Hauf ist bald zerstiebet,
Weil keiner seine Lust aufschiebet,
Zu Preisen, über doppelt hoch,
Als er sie lebend je draus zog.
Ja, selbst das alte Malerzeug
Wird hoch bezahlet allzugleich;
Der viel beschmierte Rock, die Stühle
Erregen manchem Kunstgefühle
Und werden wohlbezahlt von Leuten,
Die Seltsamkeiten gern erbeuten.
Die Frau gibt eifrig zu dem Gant,
Was sie sonst auf dem Herd verbrannt,
Die alten Schränke, alten Bänke,

Es ist darum noch ein Gezänke,
Denn jeder will durch Angedenken
Des Künstlers Ruhm zu sich hinlenken.
Selbst reiche Fraun sich überbieten,
Um Wirtschaftsstück' in Streit gerieten,
Wer just das Letztgebot getan,
Sie kaufen alles, was sie sahn,
Verlangen selbst das Schauerfaß;
Doch da verstand die Frau nicht Spaß,
Das ging ihr an das eigne Leben,
Für keinen Preis wollt' sie es geben,
Den Besen, ihren Scepterstiel,
Bewahrt sie, bieten sie auch viel! –

Nun kommt die Reih' an Rembrandts Bilder,
Die Leute bieten noch viel wilder,
Liebhaber werden nimmer satt,
Auch galt's dem Ruhm der großen Stadt;
Ein reicher Lord aus Engeland
Setzt alle Köpfe recht in Brand,
Der, vollgepfropft bis zu den Zehen
Mit lauter goldenen Guineen,
Die Rollen Golds mit Ellen mißt
Und nie das Übermaß vergißt.
Die Preise steigen dreifach höher,
Als sie gesetzt der fremde Seher,
Er selber hilft noch sie zu steigern,
Den Demant kann er nicht verweigern,
So möchte er für seine Herrn
Doch etwas kaufen, die hier fern.

Die letzte Nummer wird gerufen.
Das Bild steht hinter jenen Stufen,
Die zu dem Seitenzimmer führen,

Es steht da vor den Flügeltüren;
Der Auktionator spricht: „Dies Bild
Des lieben Rembrandt ist verhüllt,
Daß unsre Frau sich nicht erschrickt,
Denn allzugut ist's ihm geglückt,
Sich selbst zu malen in den Tagen,
Eh ihn der Tod hat fortgetragen;
Er sieht hinaus wie aus dem Spiegel,
Es trägt des höchsten Künstlers Siegel."

„Ich biete tausend Stück Dukaten",
Ruft Bürgermeister Six, „verraten
Hat keiner mir des Bildes Kunst,
Als was des Auktionators Gunst
Nach seiner Pflicht darüber sprach,
Doch ich begehre sehr danach;
Die Frau ist jeder Schonung wert,
Wer ungesehn des Bilds begehrt,
Der biete mehr, – o zehnfach mehr
Gäb' ich, wenn er noch lebend wär':
Dies letzte Bild des alten Knaben,
Ich muß um jeden Preis es haben!" –

Der Lord verlangt das Bild zu sehen,
In England sei es nie geschehen,
Daß ungesehen wird geboten; –
So rollt der Vorhang auf vom Toten.
Ein solches Bild ist nie gesehen,
Es scheint sich lebend zu erhöhen,
Es scheint zu atmen, scheint zu denken
Und seinen Blick herabzusenken
Auf Rollen Golds, die aufgebaut
Ihr da wie einen Tempel schaut,
Nach der Antike aufgestellt,

Bei dem er seine Andacht hält,
Indem er jenen Diamanten,
Den Ring des römischen Bekannten,
Just auf den Altar niederlegt,
Der eine goldne Flamme trägt.
Er blickt darauf mit Scherz und Rührung
Und sieht in allem höhre Führung,
Und wie ihm einst zumute sei,
Wenn er, von Hauses Sorgen frei,
Von oben reiche Häuser schaut.
Die er für Frau und Kind erbaut.

„Nein, das kann keine Kunst uns geben,"
Ruft Six, „er ist's, ich seh ihn leben!"

„Ja, Rembrandt lebt und grüßt euch munter,"
So spricht der Alte, springt herunter,
Den Bürgermeister froh umfaßt
Und zeiget ihm den fremden Gast,
Der dieses ernste Spiel verloren,
Den Diamant, als Preis erkoren,
Das Gold, was er hat eingenommen,
Wie volle Taschen sind gekommen,
Und wie sie leer nach Hause gehen,
Was an dem Lord gar wohl zu sehen.
Dann spricht er, wie er unerkannt
Die Liebe, die ihm zugewandt,
In tausendfacher Art vernommen,
Und wie ihm das so wohl bekommen,
Daß er noch hundert Jahr möcht' leben.
Leicht würd' die Welt den Spaß vergeben
Und wer sein Geld zurückbegehr',
Der mög' nur sag'n, wieviel es wär',
Und welche Stücke er erstanden.

Doch keiner ging zurück, sie fanden,
Daß alles wohlgekauft und billig,
Und waren nicht zum Rückkauf willig,
Gar viele schrien auf einmal:
„Wir geben heut ein Freudenmahl,
Daß unser alter Rembrandt lebt,
Den Ruhm von unserm Land erhebt!" –
„Ich halt mein Wort," spricht Six, „will geben
Zehnfachen Preis für Freundes Leben
Und gebe morgen ihm ein Fest,
Ihr Herrn seid alle meine Gäst'!" –

„Nun hört," sprach Rembrandt zu dem Gast,
Don Raphael beim Arme faßt,
„Antikische Nachahmerei,
Die brachte niemand solch Geschrei,
Die brachte nimmer soviel Gold,
Darum seid eignem Wirken hold,
Und wo ihr eignen Trieb gewahrt,
Und sei er auch von fremder Art,
Da kauft, es finden sich die Käufer;
Erfindung ist ein schneller Läufer,
Und wer zuerst am Ziele ist,
Der steht allein, den Preis vergißt,
Erst wenn die andern nachgehinkt,
Die Zeit ihm volle Ehre bringt."

Dann wendet er sich zu der Frau,
Drückt ihre Hand und spricht: „Nun schau,
Wie schön der Demantring dir steht,
Wenn es zum Feste morgen geht.
Wie wird da unser Titus essen,
Mit seinen Augen Flaschen messen;
Darum sei heute nur vergnügt,

Wie sich im Laub der Vogel wiegt.
Du bist die beste Hausfrau mir,
Und ich der beste Maler dir.
Nur heute folge meinen Bitten
Und sieh nicht nach den Menschentritten,
Wie die das blanke Haus beschmutzt,
Denk, das sind Farben, die benutzt,
Womit am Boden ist gemalt,
Was uns so teuer ward bezahlt:
Bewahre jeden Fleck von heut,
Er ist ein Stern der Ewigkeit.
Und was ich bin, das weiß ich nun,
Kann einst an deiner Seite ruhn
Geduldig unter Grabessteinen:
Der Himmel nicht vergißt die Seinen!“

Hugh Schapler und sein Vetter Simon

Herr Gernier Schapler (Capet), von Geblüt und Stamm ein edler, rittermäßiger Mann, hatte sich nicht geschämt, die Tochter eines reichen Metzgers zu Paris, eine fromme, tugendsame und überschöne Jungfrau, zu einer ehelichen Gemahlin zu nehmen. Gott, der ihn reichlich mit Geld und Gut versehen, hat ihm auch einen jungen Sohn mit dieser seiner Gemahlin beschert, an den er beider Kräfte so wunderbar gewendet, ein Kind von außerordentlicher Stärke und adliger Gesinnung hervorzubringen. Der Vater starb, noch ehe dieser Sohn geboren, die Mutter aber in der Geburt. Die Verwandten ließen ihn Hugh (Hugo) taufen, er wuchs in allen ritterlichen Tugenden auf, es war kein Turnier im Lande, wo er nicht Ehre eingelegt hätte; doch weil er ohne elterliche Zucht geblieben war, so schöpfte er mit dem großen Löffel auf, und weil er viel vertragen konnte, so verschlemmte er viel. Seine Wirte, Schuster, Schneider, Harnischer, Sporer versahen es sich am wenigsten, als Hugh gar nichts mehr im Vermögen hatte, sie schlossen immer noch falsch, wer soviel vertäte, müsse soviel übrig haben. Als nun diese Schuldleute kamen, saß Hugh in großem Unmute einige Tage bei sich verschlossen und aß arme Ritter statt der reichen Braten, bis ihm endlich einfiel, zu seinem Vetter Simon nach Paris zu reiten, der ein reicher Metzger daselbst und seiner Mutter nächster Blutsverwandter war. Also machte sich Hugh eines Morgens heimlich auf, ritt nach Paris, und da er vor seines Vetters Haus kam, das mit roten ausgeschnitzten und aufgeblasenen Braten wie mit einer köstlichen Tapete behangen war, da wurde er bald erkannt und ihm die Türe geöffnet. Hugh aber wollte nicht also hineinreiten, sondern stieg ab von seinem Pferde, zog seinen Hut ab und grüßte seinen Vetter ganz demütiglich, welcher ihn mit gleicher Demut bewillkommte und sprach: „Lieber Herr und Vetter, wie soll ich das verstehen, daß Ihr Euch gegen mich so demütig erzeiget, hab ich Euch doch all mein Tage nie so schlecht gerüstet gesehen, so hat auch Euer Vater, Herr Gernier, Euch solchem geringen Stande nie zugeführt; Ihr wißt wohl, wie er oft mit zwölf gerüsteten Pferden in meinem Hause zu Herberge gelegen, er hatte auch stets die auserlesensten Knechte aus ganz

Frankreich, deshalb ich mich über Euch entsetze und besorge, es gehe Euch nicht nach Eurem Sinne. Darum so kommt in mein Haus, Euer Pferd soll wohl versorgt werden, habt Ihr dann ein heimlich Anliegen, dadurch Ihr so betrübt seid, wollet mir solches nicht verhalten; kann ich Euch dann mit Leib und Gut behilflich sein, so sollt Ihr an mir keinen Zweifel haben, ich will mich hierin nicht sparen noch verdrossen sein." Auf dieses freundliche Erbieten ging Hugh mit seinem Vetter Simon in sein Haus; sein Pferd wurde abgezäumt, er zog seinen Harnisch und Rüstung ab. Indem ließ sein Vetter Simon ein herrlich Nachtmahl auftragen, frische Würste in der Suppe, Rindermark auf geröstetem Brot, Rippenstücke mit Rosinen gefüttert, Brustkern mit Mandeln gefilzt, und seine Hausfrau trat dabei vor, ganz rot, wie sie eben aus der Küche getreten vom großen Feuer, und sagte auch ihre Verwunderung, Herrn Hugh in so schlechter Rüstung zu finden, wie sie an seinem Vater nie gewöhnt gewesen. Aber Hugh schwieg darauf still und war fröhlich, bis das Nachtmahl geendet und der Tisch aufgehoben worden; da fing Hugh an und erzählte seinem Vetter alle seine Handlungen, wie er in den zwei Jahren, seit er sein Vermögen ohne Vormund verwaltet, hausgehalten und all sein Hab und Gut vertan, auch mehr denn zweitausend Kronen schuldig geworden, und weil er von diesen Schuldnern Tag und Nacht keine Ruhe behalten, sei er außer Landes gereist, von ihm einen guten Rat zu holen. Da nun sein Vetter Simon dies alles mit großer Verwunderung und Mitleiden vernommen hatte, fing er an mit guten und lieblichen Worten den guten Hugh zu trösten, sprechend: „Lieber Herr und Vetter, dieser Euer Unfall ist mir von Herzen leid; Ihr solltet Euch aber anders in den Handel geschickt haben und das Eure nicht also unnütz verpraßt haben; denn gewonnenes Gut, wenn es verloren geht, ist gar schwerlich wieder zu überkommen; Ihr solltet auch nicht so milde im Ausgeben gewesen sein, nach den schönen Weibern und böser Gesellschaft müßig gestanden haben, denn jetzund werdet Ihr gewahr, daß deren keiner in Euren Nöten Euch behilflich sei, und könnte er Euer Leben, da Gott vor sei, mit einem Heller erretten. Zwar hat Euer lieber Vater auch einen großen Stand geführt, er hatte aber dennoch groß Gut und Geld dabei erspart, welches Ihr nun so unnütz vertan habt." – Ob dieser Strafrede Simons begann

Hugh einen Verdruß zu schöpfen, hub an und sprach: „Lieber Vetter Simon, die Predigt will mir zu lange werden, denn ich bin daran nicht gewohnt, sie tut mir weh im Bauche, wenn ich den Ostertag eine hör, so hab ich das ganze Jahr daran genug zu verdauen; es bedarf auch nicht viel Strafens, denn es ist geschehen, so bin ich auch der Predigt wegen nicht zu Euch gekommen, denn vergebens ist es, den Stall erst zu beschließen, wenn die Rosse schon heraus sind. Aber das ist meine Bitte an Euch, daß ich durch Euren Rat aus dieser Schande käme.“ – Der fromme Simon, wiewohl ihn diese Rede ein wenig verdroß, ließ sich doch als ein guter Freund merken und sprach ganz einfältig: „Mein herzlieber Vetter Hugh, was ich jetzt in strafweis geredet habe, meine ich von Herzen gut mit Euch; dieweil Ihr aber meines getreuen, guten Rates, wie Ihr sagt, leben wollt, so sage ich das bei meiner Treue: wenn Ihr mir folgen wollt, will ich Euch aus aller Gefahr und Nöten erretten, auf daß noch ein reicher Mann aus Euch werde.“ – Auf diese Rede Simons antwortete Hugh: „Lieber Vetter Simon, diesen Rat begehr ich von Grund meines Herzens von Euch zu hören und weiß Euch dafür großen Dank.“ – „Das will ich Euch meiner Treu nicht verhalten,“ sprach Simon, „denn ich gönne Euch von Herzen alles Gute, mein lieber Vetter Hugh; darum so wäre mein treuer Rat, Ihr bliebet diesen Winter bei mir, so wollte ich Euch mein Handwerk lehren und Euch Unterweisung geben, wie Ihr nachmals Eure Hantierung mit Kaufen und Verkaufen anschicken sollet, als mit Ochsen, Kälbern, Schafen und Schweinen sowohl beim Einkauf wie beim Mästen und Schlachten; inzwischen möget Ihr eine hübsche, reiche Jungfrau, so man sehen würde, daß Ihr Euch fein in den Handel schicken tätet, zu einem ehelichen Weibe erwerben, die Euch bei Euren gesunden Gliedmaßen wohl lieb gewinnen müßte. Dann möget Ihr zuletzt Hantierung mit allerlei Kaufmannschaft anstellen und treiben; so ich dann sehen würde, daß Ihr Euch recht und wohl zu solchen Dingen schicket, wollt' ich Euch nach meinem Tode zu einem Erben machen aller meiner Hab und Güter, da ich keine Kinder oder nähere Anverwandten habe. Ihr dürft Euch des Handwerks nicht schämen, da Eure leibliche Mutter dabei gezogen und geboren worden.“ Hierauf zu antworten besann sich Hugh nicht lange, sondern sprach mit lachendem Munde: „Freundlicher, lieber Vetter

Simon, ich bedank mich höchlich gegen Euch wegen Eures guten und getreuen Rats, bin aber nicht ganz willens, demselben nachzukommen, denn zum Metzigen und Schlachten oder zur Kaufmannschaft habe ich keine Lust, weil ich gedenke meines Vaters ritterlicher Tugend nicht zu vergessen, dieweil ich mich von Jugend auf darin geübt habe, und will meinen jungen Leib daransetzen. Wie sollt' ich allererst jetzt Ochsen und Schaf' schlachten lernen, da ich schon Menschen ritterlich darnieder gestreckt habe, womit ich manchem Fürsten dienen kann. Ja, mir wäre lieber, ich hätte vier gute Hengste im Stalle, Sperber, Habicht, Falken oder Spürhunde, als tausend Ochsen; so wäre mir auch lieber, ich hörte Trommeln und Pfeifen, Lauten und Geigen, Tanzen und Singen, denn daß ich sollte die Ochsen, Schafe, Schweine, Kälber hören brüllen und grunzen." – Auf solche Rede der gute Simon dem Hugh traurig antwortete: „Lieber Vetter Hugh, ich meine es gut mit Euch, wollet Ihr meinen Rat annehmen, es wird Euch nicht gereuen. Jedoch so wollen wir jetzund solches bis morgen beruhen lassen, vielleicht so möchtet Ihr Euch dann eines andern bedenken, wollet jetzund gutes Muts und fröhlich sein." Also vertrieben sie ihre Zeit, bis man schlafen ging, da ward Hugh herrlich und wohl gelegt, den seine jetzige Armut im Schlafe nicht störte, vielmehr schlief er in den halben Tag hinein bis zur Mahlzeit. Simon, sein Vetter, aber lag die ganze Nacht ungeschlafen, denn er ward von seiner Hausfrau recht übel behandelt, die nichts andres besorgte, denn daß Hugh seines Vetters Rat folgen und bei ihr bleiben würde; darum sprach sie: „Ach lieber Mann, was gedenkst du? Du willst den Jüngling zu einem Handwerk verordnen, der alle seine Tage mit Fressen und Saufen, mit schönen Frauen zu kurzweilen hingebracht, in solchen Dingen sollte er uns bald um alles bringen, was wir ererbt und erspart haben, wie er mit seines Vaters Erbe getan hat. Darum ist mein Rat, du gebest ihm morgen eine ziemliche Zehrung und lassest ihn fahren, auf daß du sein ledig werdest, denn es ist leidlicher, einen kleinen Schaden als einen großen verschmerzen." – Darauf antwortete Simon: „Liebe Hausfrau, sei zufrieden, denn wahrlich, dieses habe ich bei mir selbst vorhin schon überschlagen, ich besorg, er folgt meinem Rate und bleibt bei uns, was mir sehr leid wäre; ich besorge, unser beider Gut würde kein Jahr ausdauern, wenn er in seiner Gewohnheit fortführe." – Darüber ängstete er sich so sehr, auch kamen allerlei Fliegen, die sich abwechselnd auf seine Nase setzten und vor seinen Ohren brummten, daß es ihm sehr früh zu tagen schien. Es wurde ihm im Bette so unruhig, er stieg vor Tage heraus, ging dann nach dem Stalle und fütterte Hughs Pferd, so gut er konnte, und wartete mit großem Verlangen, wann Hugh aufstehen und ihm Bescheid geben würde. Da es nun schier um Mittag war und man den Imbiß nehmen wollte, erwachte Hugh, stand auf, pfiff sich ein lustig Liedchen, sah nach seinem Pferde, fand auch, daß es nach aller Notdurft wohl versehen war, da trat er zu seinem Vetter Simon, in Meinung, ihm dafür zu danken. Da erschrak der gute Simon so sehr, daß er fast in Ohnmacht gefallen wäre; denn seine Sorge war immer, Hugh würde bei ihm bleiben, woran doch Hugh keinesweges dachte. Aber ehe dieser noch etwas gesagt, fiel ihm Simon ins Wort und sprach: „Lieber Vetter Hugh, da Ihr mir gestern abends auf meinen Rat wegen des Handwerks geantwortet, Euer Gemüt stände zu keinem andern Handwerk, als Fürsten zu dienen, so habe ich diese ganze Nacht nachgedacht; dieweil Ihr dasselbe so lange getrieben, so folget dem nach, kommt in meine Kammer, ich will Euch eine gute Zehrung mitteilen von wegen Eurer Mutter, die mir sehr lieb gewesen und die sich noch im Grabe umdrehen würde, wenn sie Eure jetzige Not wüßte." – Da Hugh das hörte, wehrte er sich nicht lange, ging behend mit seinem Vetter in die Kammer; da zog Simon einen seidenen Beutel aus dem Tischkasten und sprach: „Nehmet hin, mein lieber Vetter, diese dreihundert Kronen, verzehret sie von meinetwegen." – Wer aber war fröhlicher als der gute Hugh, der seinem Vetter großen Dank sagte, desgleichen war auch Simon mit seiner Hausfrau sehr froh, es reute ihnen das Geld nicht, das sie ans Bein gebunden, da sie des Gastes los wurden. Also säumte sich Hugh nicht lange, wollte der Mahlzeit nicht warten, wie sehr ihn sein Vetter anflehete, weil er für ihn einen großen Rinderbraten an den Spieß stecken lassen. Hugh sattelte sein Pferd, zog Harnisch, Stiefeln und Sporen an, dankte Vetter und Hausfrau für Geschenk und Herberge, setzte sich auf sein Pferd und ritt auf und davon. Der Vetter Simon stand noch lange mit der Mütze in der Hand in der Türe und sah ihm nach und schüttelte mit dem

Kopfe, die Frau aber, mit beiden Händen unter ihren Röcken, gähnte und fror und dachte, wie ruhig sie die nächste Nacht schlafen wollte. Hugh ritt nach Hennegau, weil dort ein großes Turnier gehalten werden sollte. Aller Orten, wo Hugh in den Niederlanden turnierte, gewann er Preise und – gab sich mit den Mädchen ab – und dann mußte er flüchten, sich durchschlagen – zehn Söhne sind da von verschiedenen Frauen ihm geboren; er bekümmerte sich um keine, sondern zog immer weiter auf Abenteuer. Er kam nun mit großen Ehren und vieler Beute nach Paris zu seinem Vetter zurück, der sich nicht wenig über seine schönen Pferde und prächtigen, vergoldeten Harnische freute. Hugh stieg ab, erzählte ihm alle seine Geschichten, worüber sich dessen Hausfrau recht erstaunte und ihn gar sehr lieb gewann. Als das Herr Simon merkte, rief er aus: „Sankt Dionyß, Ihr sollt fürder bei mir wohnen, ich will Euch zulieb einen ehrlich adligen Staat führen und halten, denn ich hab mein Vermögen, seit ihr weg gewesen, ziemlich vermehrt, so daß ich Eure Güter einlösen kann. So habt Ihr auch viel gute Freunde in dem Lande, die Euch wohl helfen mögen um Eures Vaters willen, daß Ihr zu guter Heirat kommt." – „Lieber Vetter," sprach Hugh, „ich habe Eure Rede wohl vernommen und danke Euch fast sehr, daß Ihr meines Nutzens wegen so getreue Nachgedanken habt, bin aber noch keinesweges gesinnt, zu der Ehe zu greifen, bedünkt mir noch immer viel besser, einander heimlich lieb zu haben, will mein Glück noch erwarten." – Dem guten Simon war das nicht recht, auch nicht seiner Hausfrau, die gern Hughs Hochzeit mit einer reichen Base ausgerichtet hätte. Der Hugh kam gerade zur rechten Zeit nach Paris, wo die Königin von Frankreich von dem Herzoge von Burgund gar sehr mit Kriegesvolk bedrängt wurde, der sie durchaus heiraten wollte, aber sie mochte ihn nicht leiden. So tapfer sich nun Hugh auch hielte und die Stadt verteidigte, so wäre er doch bald verloren gewesen, wenn sich nicht die zehn Söhne in Brabant, die schon herangewachsen waren, alle aufgemacht hätten nach Paris, als sie von ihres Vaters Bedrängnissen gehört hatten. Keiner der Söhne wußte aber vom andern, und so lief jeder seine Straße, bis sie endlich nicht weit von Paris alle zusammenkamen und sich erkannten; da verschworen sie sich miteinander und fielen wie eine Wetterwolke in das ruhige Lager des Herzogs, das noch im besten

Schlafe lag. Als Hugh diese unerwartete Hilfe wahrgenommen, fiel er mit allen Seinen aus, und sie machten eine große Niederlage unter den Burgunden und nahmen den Herzog gefangen. Da erkannte Hugh seine Söhne und küßte sie als Vater, und die Königin gab dem Hugh ihre Hand; er war es (Hugo Capet), der das größte aller regierenden Häuser Frankreichs auf den Thron setzte. Sein Vetter Simon verwunderte sich über Hughs besonderes Glück nicht wenig, der war auf einmal reicher, als er sein lebelang mit allem Sparen werden konnte. Vetter Simon ließ es sich auch gefallen, von ihm zu einem Herzoge gemacht zu werden, doch mehr auf Anstiften seiner Frau, denn nach eigenem Begehren.

Warnung gegen weibliche Jägerei

Die Gräfin L.. war kurzsichtig, aber sie liebte noch immer die Jagd, ungeachtet sie niemals gut geschossen hatte. Ihre Jäger kannten ihre Art und nahmen sich vor ihr in acht; sie schoß dreist auf jeden Fleck, wo sich etwas regte, es war ihr einerlei, was es sein mochte. Abbé D.., einer der gelehrtesten Literatoren, mußte sie mit ihrem vierzehnjährigen Sohne, dem Grafen Johann, auf einer dieser Treibjagden begleiten, die Jäger suchten ihnen einen sichern Platz zum Anstand, hinter zwei starken Bäumen, aus; der Abbé nahm aus Langeweile ein Buch aus seiner Tasche, das er vom Jagdschloß mitgenommen; es war von Idstädts Jagdrecht. Der junge Graf lauerte aufmerksam auf einen Rehbock, der herangetrieben wurde. In dem Augenblicke, als er losdrücken wollte, fiel ein Schuß der Gräfin, den sie ungeschickt und übereilt auf denselben Rehbock tun wollte, so geschickt durch den schmalen Luftraum, zwischen den beiden Bäumen, die den Abbé und den Grafen sicherten, daß sich beide zu gleicher Zeit verwundet fühlten und aufschrien. Die Gräfin wurde bei diesem Geschrei ohnmächtig, die Jäger und die übrige Gesellschaft, in der sich auch ein Wundarzt befand, eilten von allen Seiten herbei und teilten ihre Sorge zwischen der Gräfin und dem jungen Erbgrafen. Die Güte und Geduld des Abbés ist jedem, der ihn gesehen, aus seinem Gesichte bekannt, seine Bescheidenheit jedem, der mit ihm gesprochen; hier erschien aber alles Dreies auf einer merkwürdigen Probe. Kein Mensch fragte ihn, was ihm fehle, vielmehr drängte man ihn beiseite, und als er einem sagte, er glaube zu sterben, der eine Rehposten wäre ihm in der Gegend der Leber durch die Rippen eingeschlagen, so antwortete ihm jener verstört, der junge Graf sei durch beide Schulterblätter verletzt. Der Wundarzt sah nur auf den jungen Grafen, und der arme Abbé mußte sich selbst helfen, so gut er konnte, und suchte sich die Wunde mit seinem Schnupftuche, das er mit dem Rock festknöpfte, so gut als möglich zu verschließen. Mit Mühe wurde eine Kutsche durch den steinigen, hüglichten Wald bis nahe an den Unglücksort gebracht. Die Gräfin hatte sich erholt und empfahl mit vielen Tränen dem Wundarzte ihren Sohn; der Abbé wollte ihr mit Klagen über seinen Schmerz keinen Kummer machen und stieg sachte mit der letzten Anstrengung dem jungen Grafen in den Wagen nach. Der Wundarzt hielt den Grafen im Vorsitz, rückwärts saß der Abbé. Der Wagen fuhr sehr langsam, aber der Weg war uneben und stieß unvermeidlich; der Graf litt dabei und seufzte leise, aber der Abbé konnte, bei dem entsetzlichen Druck der Kugel, sich heftiger Seufzer und einzelner Ausrufungen nicht enthalten. Der Wundarzt hatte schon ein paarmal gesagt, es hätte nichts auf sich mit der Wunde des Grafen, er könnte sich beruhigen; endlich sprach er ganz ernstlich: „Ich ehre Ihr Mitleid, Herr Abbé, aber ich traue Ihrem Verstande zu, daß Sie sich der Ausbrüche desselben erwehren können, wenn es dem Gegenstande desselben gefährlich werden könnte; Ihre Beileidsbezeugungen machen aber den Kranken selbst besorgter, als das Übel verdient." In dem Augenblicke krachte der Wagen über eine Wurzel, daß der arme Abbé kein Wort sagen konnte, sondern, um sich verständlich zu machen, den Rock aufknöpftc; das Tuch fiel herunter, und das Blut floß in großer Menge herab. „Mein Gott," rief der Wundarzt, „sind Sie auch verwundet? wahrhaftig! ja, da muß man sich hier nichts draus machen, ich habe heute auch ein paar Schroten von der Frau Gräfin in das dicke Fleisch bekommen, es macht ihr so viel Vergnügen, und ich singe lustig dabei:

Es ist ein Schuß gefallen,
Mein, sagt, wer schoß da draus?
Es war ein junger Jäger,
Der schoß im Hinterhaus.

Die Spatzen in dem Garten,
Die machen viel Verdruß,
Zwei Spatzen und ein Schneider,
Die fielen von dem Schuß.

Die Spatzen von den Schroten,
Der Schneider von dem Schreck;

Die Spatzen in die Schoten,
Der Abbé in den Dreck.

Der gute Abbé, der eine gewisse Kränkung empfunden hatte, wie er erst so verbindlich in dem Hause aufgenommen und im Unglücke so ganz vergessen sei, mußte jetzt selbst lächeln, als er bei dieser Anzeige bemerkte, wie er sich beim Falle auf den feuchten Boden beschmutzt hatte, dabei übernahm ihn eine Ohnmacht, von der er erst im Schlosse erwachte. Ich sah ihn mehrere Jahre nach diesem Vorfalle, den er glücklich überstanden hatte; ich fühlte die Kugel, sie hatte sich wohl zwei Hände breit hinter den Rippen niedergesenkt und war jetzt unter denselben fühlbar. Zuweilen litt er noch an Schmerzen und versicherte, daß alle Gefahren, die von den Dichtern einem gewissen Bogengeschoß aus weiblichen Augen nachgesagt würden, nicht mit den Gefahren weiblicher Jägerei zu vergleichen wären, denn die Geschicklichkeit Dianens möchte wohl so selten geworden sein wie ihre anderen Eigenschaften.

Die Schule der Erfahrung

Ein Sperling hatte vier Jungen in einem Schwalbenneste. Wie sie nun flügge waren, stießen böse Buben das Nest ein, sie kamen aber alle im Windsbraus davon. Nun war dem Alten leid, weil seine Söhne in die Welt kommen, daß er sie nicht zuvor gegen allerlei Gefahr verwarnet und ihnen gute Lehren dafür gesagt habe. – Auf dem Herbste kamen in einem Weizenacker viel Sperlinge zusammen; allda traf der Alte seine vier Jungen, die führete er mit Freuden zu sich heim und sprach: „Ach, meine lieben Söhne, was habt ihr mir den Sommer über für Sorge gemacht, dieweil ihr ohne meine Lehre von mir weg in den Wind gekommen; höret meine Worte und folget eurem Vater und sehet euch wohl vor; kleine Vögel haben große Gefährlichkeiten auszustehen.“ – Darauf fragte er den Ältesten, wo er sich den Sommer über aufgehalten, und wie er sich ernährt habe? „Ich habe mich in den Gärten gehalten,“ antwortete der Älteste, „Raupen und Würmlein gesucht, bis die Kirschen reif wurden.“ „Ach, mein Sohn,“ sagte der Vater, „die Schnabelweide ist nicht bös, aber es ist große Gefahr dabei; darum habe forthin deiner wohl acht, und sonderlich wenn Leute in den Gärten umhergehen, die lange, grüne Stangen tragen, so inwendig hohl sind und oben ein Löchlein haben.“ – „Ja, mein Vater, besonders wenn dann ein grünes Blatt vors Löchlein mit Wachs geklebt wäre, da sieht man es kaum, und es trifft doch.“ – „Wo hast du das gesehen?“ – „In eines Kaufmanns Garten,“ sagte der Junge. – „O, mein Sohn,“ sprach der Vater, „Kaufleute, geschwinde Leute; bist du bei diesen Weltkindern gewesen, so hast du Weltgescheitigkeit genug gelernet; siehe und brauch's nur recht und wohl, und traue dir nicht zu viel.“ Darauf befragte er den andern: „Wo hast du dein Wesen gehabt?“ „Zu Hofe“, sprach der Sohn. „Sperlinge dienen nicht an Höfen,“ sprach der Vater, „wo viel Geld, Sammet, Seiden, Wehr und Harnisch, aber wenig zu essen, viel Sperber, Kauzen und Falken sind, die dich fressen; halt du dich zum Roßstall, da man den Hafer schwingt oder da man drischet, da kann dir's Glück mit gutem Frieden auch dein täglich Körnlein bescheren.“ „Ja, Vater,“ sprach der Sohn, „wenn aber die Stallbuben ihre Schlingen und

Sprengsel im Stroh aufstellen, da bleibt auch mancher hängen." „Wo hast du das gesehen?" fragte der Alte. "Zu Hof bei den Roßbuben." – „O, mein Sohn, Hofbuben, böse Buben; bist du zu Hof bei den Dienern gewesen und hast da keine Federn gelassen, so hast du ziemlich gelernet; du wirst dich in der Welt wohl wissen durchzufressen; doch siehe dich um, die Wölfe fressen auch oft die gescheiten Hunde." Der Vater nahm den dritten auch vor sich: „Wo hast du dein Heil versucht?" „Auf den Fahrwegen und Landstraßen hab ich bisweilen ein Körnlein oder Brotkrümlein angetroffen." „Dies ist ja," sagte der Vater, „eine feine Nahrung; aber merk gleichwohl auf, sonderlich wenn sich einer bücket und einen Stein aufheben will, da ist dir nicht lange zu bleiben." – „Wahr ist's," sagte der Sohn, „wenn aber einer zuvor einen Handstein im Busen oder Tasche trägt?" – „Wo hast du dies gesehen?" – „Bei den Bergleuten, lieber Vater; wenn sie ausfahren, dann führen sie gemeiniglich Handsteine bei sich." – „Bergleute, Werkleute," rief der Vater, „anschlägige Leute; bist du um Bergburschen gewesen, so hast du was gesehen und erfahren, fahr hin und nimm deiner Sache gleichwohl gut acht; Bergbuben haben manchen Sperling mit Kobalt niedergeschmissen." Endlich kam der Vater an den jüngsten Sohn: „Du, mein lieber Geckennestle, du warst allzeit der albernste und schwächste, bleib du bei mir auf dem wüsten Bauerhofe, den die Feinde abgebrannt haben; die Welt hat viele grobe und böse Vögel, die krumme Schnäbel und lange Krallen haben und nur auf arme Vöglein lauern und sie verschlucken; halt dich zu mir und lies die Spinnen und Raupen hier von Baum und Haus; hier ist kein Blaserohr, keine Schlinge, kein Steinwurf und keine Fuhrmannspeitsche zu fürchten; hier haben wir beide so eben genug für uns, und so bleibst du lange zufrieden." – „Du, mein lieber Vater," antwortete der jüngste Sohn, „wer sich nähret ohne anderer Leute Schaden, der kommt lange hin, und kein Sperber, Habicht, Ar oder Weihe wird ihm schaden, wenn er zumal sich und seinen ehrlichen Namen Gott alle Abend und Morgen treulich befiehlt, welcher aller Wald- und Dorfvöglein Schöpfer und Erhalter ist, der auch der jungen Raben Geschrei und Gebet hört; ohne seinen Willen fällt auch kein Sperling auf die Erde." „Wo hast du das gelernt?" – Darauf antwortete der Sohn: „Als mich der große Windsbraus von dir wegriß, kam ich in eine Kirche; da speist' ich im Sommer die Fliegen und Mücken, die den frommen Leuten um die Ohren summen, und las die Spinnen von den Fenstern, die ihnen das Licht mit ihren staubigen Netzen verhalten, dann hörte ich diese Sprüche predigen; da hat mich der Vater aller Wesen den Sommer über ernähret und vor allen grimmigen Vögeln behütet." – „Traun, mein lieber Sohn, fliegst du in die Kirchen und hilfst Spinnen und Fliegen aufräumen und singst in deiner Einsamkeit zu Gottes Ehre, so wirst du wohl und unverletzt bleiben, und wenn die ganze Welt voll wilder und tückischer Vögel wäre. Denn wer dem Herrn befiehlt seine Sache, schweigt, leidet, wartet, braucht Glimpf und Klugheit, Mut und Ergebung, Ernst und Güte, bewahrt Glauben und Gewissen rein, dem will Gott Schutz und Helfer sein."

Seltsames Begegnen und Wiedersehen

1. Die Verlobung

„Der Alte hat recht schöne, weiße Locken," sagte Julie zum Rittmeister und strich sanft mit ihrer Hand durch das Haar des alten Invaliden; „weiße Locken sind ein reizender Verein von Jugend und Alter." – Der Rittmeister schien nicht Achtung zu geben, er blickte seitwärts und schwieg. – „Das gnädige Fräulein," sprach der Invalide, „sagen mir immer ein liebes Wort am Sonntage, wenn ich die ganze Woche nichts als Verdruß erlebt habe; will es auch heute in meinem Gebete Gott vortragen, daß er dem lieben Fräulein bald Nachricht vom Herrn Vater gebe. Kommt der Herr Vater, da wird das gnädige Fräulein meine weißen Haare nicht mehr ansehen, was hatte der Herr Oberst für schöne, weiße Locken, ich habe sie ihm wohl manches tausendmal frisiert. Gott weiß, wer ihn jetzt frisieren mag." – Der Rittmeister wandte sich mit einer unwillkürlichen Bewegung von dem Alten fort, der mit Anstand das Zimmer verließ. „Sie scheinen meinen guten Alten nicht gern zu sehen?" fragte Julie den Rittmeister. – „Sie irren sich in meinem Gefühle," antwortete er, „es ist ein Ereignis dieses Krieges, das mich beim Anblicke alter Krieger stört. In den Heeren Ihres Königs dienten viele alte Leute, und das sollte nicht sein, ohne bösen Willen muß die Jugend in solchen Greisen die heiligsten Gefühle verletzen." – „Sie fühlen vielleicht zu zart," meinte Julie, „wo Ihre Landsleute meist zu hart sind." – „Nicht meine Landsleute," antwortete der Rittmeister, „meine Schicksalsgefährten, ja sie würden mein Gefühl bei dem Vorfalle verspotten, ich aber wünschte, daß ich mich so leicht mit diesem Gefühle abfinden könnte, aber es plagt mich oft in dem stillen Frieden Ihrer Nähe." – Julie fragte nach diesem Ereignisse, und der Rittmeister erzählte ihr, wie der Tag der großen Schlacht ihm für seine militärischen Aussichten so besonders günstig gewesen wäre, er sei vom Kaiser bemerkt und belobt worden, aber der Abend dieses Tages habe ihm die Erinnerung desselben verbittert. „Die Schlacht war auf unsrer Seite völlig entschieden," erzählte er, „unser Kanonenfeuer hatte die feindlichen Infanteriemassen zum Weichen gebracht, unsre Kavallerie stürzte nach. Obgleich ich wegen meiner Anstellung beim General keine Aufforderung hatte, selbst Hand ans Werk zu legen, so trieb mich doch mein böses Blut und frühe Gewohnheit unter dem Vorwande hinein, daß ich eine kleine Verwirrung der Unsern wieder ausgleichen müßte. Feindliche Reiterei suchte uns aufzuhalten, aber sie wurde geworfen. Ein einzelner feindlicher Offizier widerstand lange der Flucht unter den Seinen und ritt uns dann mit blindem Zorne entgegen. Ein paar Dragoner, die sich an ihn machten, fertigte er so übel ab, daß die andern der größern Masse nacheilten und sich um den einzelnen Reiter nicht mehr kümmerten, der uns nicht mehr schädlich werden konnte. Ich sprang auf ihn los, er hielt seinen Degen mit beiden Händen vor die Stirn, mir war's, als ob er betete, und ich hätte ihm Gefangenschaft angeboten, hätte sich nicht in dem Augenblicke der General mit seinem Gefolge genähert, unter dessen Augen ich mich auch im einzelnen Kampfe auszuzeichnen trachtete. Die Eitelkeit verschlang meinen guten Willen, ich sprach nicht mehr vom Gefangennehmen, ich gebot dem Offizier, sein Leben zu verteidigen. So fochten wir einige Zeit gegeneinander. Mein Gegner hatte ein gewandteres Pferd, ich blutete schon, da traf mein Säbel sein Haupt, der Hut fiel zu Boden, er ließ die Zügel sinken, ein Sprung des Pferdes warf den Reiter zur Erde. Ich kann den Schauder nicht beschreiben, als ich niedersah und ein schneeweißes Haupt von Blut überrieselt erblickte, nie tilgt sich dieser Flecken aus meiner Erinnerung, die Ehre des Tages erschien mir nichtig, weil ich mich mit so ehrwürdigem Blute befleckt hatte. Nie hatte ich einen so alten Mann bei meinem Heere gesehen, ich war so entsetzt, als hätte ich meinen Vater unbewußt umgebracht. Ich sprang vom Pferde, er atmete noch; ich befahl meinem Hans, der mit einem Handpferde aus dem Gefolge des Generals zu mir sprengte, für den Verwundeten zu sorgen, weil mich selbst der Dienst fortrief." – „Wurde der Verwundete gerettet?" fragte Julie. – „Nein, leider nein," antwortete der Rittmeister, „erst nach einem Monat traf ich wieder den Hans, er sagte mir, daß er gestorben sei, und brachte ein Zeugnis des Pfarrers im nächsten Dorfe, daß er begraben mit aller Ehre, die einem Manne gebührt, der in seinem Berufe gestorben." – „Steht sein Name in dem Zeugnisse? Sie sollten es den Seinen schicken, vielleicht wissen sie so wenig von ihm, wie ich von dem Schicksale meines Vaters," sprach Julie. – „Es scheint, daß der Verwundete sich nicht mehr hat erklären können," entgegnete der Rittmeister, „kein Name ist in dem Zeugnis, und so ist mir auch der Trost, die Beruhigung versagt, den Verwandten wenigstens für ihr äußeres Verhältnis zu ersetzen, was ihnen meine Eitelkeit geraubt hat." – Julie war gerührt durch die Güte des Rittmeisters, sie konnte es nicht unterdrücken, ihm dieses Wohlwollen zu bekennen, und wie sich leicht an einem Gefühle ein andres gleichartiges entzündet, daß zur Erscheinung gelangt, was sich sonst vielleicht mühsam doch noch lange geistig verschlossen gehalten hätte, so ward auch dieses Wohlwollen die Veranlassung, daß der Rittmeister endlich seine Neigung, seinen Wunsch zu einer dauernden Verbindung Julien bekannte. Sie hatten sich gegenseitig lange erraten, nur das seltsame Verhältnis eines einquartierten Feindes zu seiner Wirtin, das jenem so bedeutende Rechte zuspricht, hatte den Mund des Rittmeisters bisher verschlossen. Julie, offen und heftig in ihrem Wesen, konnte eine Neigung nicht verheimlichen, die übermächtig alle andre Freunde, Vorsätze und Beschäftigungen aus ihrer Seele verscheucht hatte. So entwickelte sich eine Verlobung von selbst, das entferntere Sie wurde in ein vertrauliches Du umgesetzt, und Julie verwunderte sich, daß die Leute schon aus der Kirche kamen, als sie erst eingehen wollte, für das Glück dieser Verbindung zu beten. Sie wäre wohl nicht zur Kirche gegangen, wenn nicht der Rittmeister wegen dringender Geschäfte, die den ganzen Tag einzunehmen drohten, zum General abgerufen wäre. Vor der Kirchtür begegnete ihr Konstanze, die sie über acht Tage zur nächsten Versammlung des Schwesternbundes zu sich einlud, eine Verbindung, die zur Unterstützung von allerlei löblichen Zwecken aus geselliger Unterhaltung hervorgegangen, in dieser betrübten Zeit die einzige Veranlassung war, daß die jungen Mädchen in größerer Zahl zueinander kamen. Konstanze konnte sich nicht enthalten, nach ihrer Gewohnheit alle ihre überspannten Hoffnungen darzulegen, wie nun bald die Zeit gekommen sei, um durch treue Verbindung, wie einst Sizilien in der Vesper, aller Feinde sich zu entledigen. Julie war heute zum erstenmal gelähmt, in diese Pläne einzustimmen, und Konstanze warf ihr Lauheit mit Härte vor. So schieden beide sonst so vertraute Mädchen mit einiger Empfindlichkeit voneinander; Julie fand es unleidlich, von einer Freundin gleichen Alters immer gehofmeistert zu werden, und Konstanze fand das Gerücht nicht mehr unwahrscheinlich, daß der einquartierte feindliche Rittmeister Julien nicht mehr lästig, vielmehr ihr angenehm sei mit seiner steten Gegenwart, die alle Freundinnen verhinderte, sie zu besuchen.

2. Die Trennung

Konstanzens Ärger, der ihr sehr bald als edel und pflichtmäßig erschien, hatte seine reifen Früchte schon am nächsten Sonntage in der Versammlung der verbundenen Schwestern getragen und aufgetischt. Abends, als es eben anfing zu dunkeln in den Zimmern, verließ Julie das Haus Konstanzens bei scheinbarer Kaltblütigkeit in so heftiger Bewegung, daß sie den Platzregen kaum bemerkte, der alle andere Fußgänger in den Schutz der Häuser trieb. Es war ihr zuweilen, als hielte sie schon die Pistole in ihrer Hand, und die Leute in den Torwegen meinten, sie fühle nach, ob es noch regne, oder sie erwehre sich der Regentropfen, so seltsam streckte sie den rechten Arm in die Luft. Aus Gewohnheit, ohne sich des Weges bewußt zu sein, ohne ihn dahin gerichtet zu haben, trat sie in den Flur ihres Hauses, der ebenfalls mit flüchtigen Spaziergängern angefüllt war, die ihren Sonntagsstaat zu sichern und zu trocknen bemüht waren. Die Anwesenheit der vielen fremden Gesichter verwunderte sie, aber sie fragte nicht nach der Ursache, sondern lief hastig hindurch, die Treppe hinauf nach ihrer Wohnung, und bemerkte erst hier an ihrer Türe, daß sie den Drücker in ihrem Arbeitstäschchen bei Konstanzen vergessen habe. Sie schlug sich vor die Stirn, weil sie sich erinnerte, daß Charlotte Erlaubnis erhalten, den Nachmittag auszugehen; daß der Rittmeister mit seinem Hans ausgeritten, so daß niemand ihr die Wohnung eröffnen konnte. Die Kühlung des Regens hatte allmählich ihre Heftigkeit gemildert, doch konnte sie sich nicht entschließen, das Haus ihrer Freundin je wieder zu betreten; da öffnete ein Windstoß die Türe, die nur angelehnt war. Hatten Diebe die Tür erbrochen? Aber weder ein Dieb noch ihr Mädchen hatten aufgeräumt; das ausgezogene weiße Röckchen lag noch wie ein Zauberring in der Mitte des Zimmers, Strohhut und Bänder auf dem Spiegeltische. Sie seufzte, mit welcher Ungeduld sie das Zimmer verlassen, um ihre alten Freundinnen wieder zu begrüßen, ihnen zuerst ihre Verlobung bekannt zu machen, die sie bis jetzt noch jedermann verschwiegen hatte. Sie hatte wohl etwas Neckerei darüber vermutet, aber nicht ahnen können, daß Konstanzens Ärger und Enthusiasmus sich in der Zeit so miteinander verflochten hatte, daß sie, die genaueste, liebste Freundin, ihr diesen unabänderlichen Schritt als Entehrung vorwerfen könnte. In dem Taumel der freundlichsten Gewalt hatte sie sich mit dem Worte beruhigt, daß der Rittmeister von Geburt ein Deutscher sei, nur durch ein Spiel des Zufalls während der Revolution aller Unterstützung seiner unbekannten Eltern beraubt, sich gezwungen gesehen, gegen seine bessere Überzeugung mit den andern in den Kampf zu ziehen, auch hier glaubte sie sich und ihn dadurch vollkommen gerechtfertigt. Aber die harte Konstanze verdammte ihn, ohne darauf einzugehen, was Gewohnheit und Erziehung für Zwang ausüben, sie sprach mit verächtlichem Lächeln: es sei eine Hauptlüge unsrer Zeit, beschönigen zu wollen, was in sich unverbesserlich schlecht sei, der Rittmeister sei um so ehrloser als jeder andre dieser verhaßten Feinde, weil er gegen seine Überzeugung und gegen sein Vaterland dem Willen eines Zerstörers gefolgt sei. – War es nicht natürlich, daß dieser Schimpf gegen den Geliebten die liebende, ernste Julie empört hatte? Der gleichgültigen Welt hätte sie es verziehen, wenn sie ihr Glück dem Geschwätze und der Prahlerei allgemeiner Grundsätze aufgeopfert hätte, die nur selten den einzelnen fassen und richten können, der vieljährigen Vertrauten ihres reinen Herzens konnte sie es nicht verzeihen, sondern sie sprach mit recht inniger Überzeugung: „Wäre ich ein Mann, ich würde dir auf diesen Vorwurf gegen meinen Freund mit den Waffen antworten." Konstanze, von ihrem Vater zur Jagdlust erzogen, an Waffen gewöhnt, hatte das Wort aufgenommen und ihr versichert, in ihrer Lage würde sie den Männern nichts vorauslassen und ihre verlorne Ehre durch Gewalt wieder zu gewinnen suchen. Julie rief, sie wolle ihr zeigen, daß es ihr nicht an Mut fehle, um der Ehre sich würdig zu beweisen, als Braut eines der edelsten Krieger vor aller Welt aufzutreten. Die andern Mädchen hatten erst gelächelt, dann hörten sie erschrocken zu, suchten dann mit Ungeschicklichkeit zwischenzutreten, aber Julie, der Gesellschaft überdrüssig, die so unerwartet aus der Reihe vieljähriger Verschwisterung in die fremdeste Ferne gerückt war, verließ dieselbe in dem unleidlichsten Zustande, von äußern und innern Widersprüchen zerrissen. Dieser Zustand quälte sie noch immer fort, als sie in der einsamen Dunkelheit ihres Zimmers sich auf einen Stuhl setzte, um über den Vorfall ruhig nachzudenken. Ihr tat es leid, ihrer Konstanze entsagen zu müssen, und sie wünschte sich an Konstanzen dafür zu rächen. Ihr Wort wollte sie durchaus nicht zurücknehmen, das Gerede der Welt verachtete sie jetzt, sie sann ernstlich darauf, wie sie dem Rittmeister das Geheimnis, eine Pistole zu laden, ohne daß er etwas von der Absicht ahnde, entlocken könne, eine Pistole dachte sie im Schranke des Vaters zu finden. So saß sie nachdenklich auf einem Armstuhle, als eine ihr ähnliche Gestalt in ihren Kleidern, die sie gleich erkannte, hereintrat. Mit hohen, abgemessenen Schritten ging die Gestalt ans Fenster und sprach pathetisch die Schlußworte aus der Jungfrau von Orleans: „Kurz ist der Schmerz und ewig ist die Freude!“ – Trotz der prachtvollen Stimmenerhöhung erkannte Julie in derselben ihre Charlotte, welche die Dienste einer Kammerjungfer und Köchin zu gleicher Zeit bei ihr verwaltete, seit die Kriegslasten ihr die Beschränkung der Ausgaben rätlich gemacht hatten. Sie sah der geschmückten Köchin verwundert zu, was aus der Torheit werden sollte, bis diese an dem chemischen Zunder die Argandsche Lampe angesteckt hatte und mit einem Zusammenfahren und Herr-Jesus-Schrei ihre Herrschaft erkannte. „Was für Possen,“ fragte Julie, „mein Kleid anzuziehen, meinen Helm aufzusetzen? mir ist es unleidlich, meine Kleider auf andern zu sehen!“ – „Ich hatte keine schlechte Absicht,“ sagte die Köchin, „es war nur aus Liebe zur Kunst.“ – „Was für Kunst?“ rief Julie ungeduldig, „denkst du im seidnen Kleide besser zu kochen? ich glaube, du bist närrisch geworden.“ – „Ach, mein gnädiges Fräulein,“ entgegnete Charlotte, „wie wenig kennen Sie mich, ich sollte so unverschämt sein, das schöne Kleid im Küchenrauch zu schwärzen! Nicht für mein leidiges Handwerk, nein, für die edle Kunst lebe ich, nicht in der Küche, nein, auf dem hellerleuchteten

Liebhabertheater sollte das schöne, weiße Kleid paradieren, hier bin ich Köchin, da bin ich Fräulein von Orleans, und ohne Ruhm zu melden bin ich die beste von allen und mache Ihnen Ehre, denn ich werde jedesmal herausgerufen, und die Leute fragen dann, bei wem ich diene, und ob Sie mir die Rolle einstudiert hätten?" – „Wäre mir nicht unwohl," sprach Julie, „so könnte ich lachen, alles studiert, alles künstelt, und keiner kann was Rechts zustande bringen. Welcher verderbliche Leichtsinn in unserm Unglücke, es ist mir, als litte ich selbst an allen den Übeln, weil ich sie in meinem Vaterlande sehe. Schnell die Kleider ausgezogen, das Schauspiel ist heut geschlossen. Du verdientest Strafe, aber mir ist unwohl, geschwind mache Tee." – „Ach gnädiges Fräulein," rief Charlotte bekümmert, „ich kann keinen Augenblick abkommen, der gute Mensch, der den König spielt, wird mich gleich abholen. Denken Sie, er wäre früher gekommen und Sie später, so hätten Sie mich doch nicht mehr gefunden, ich hatte ihm die Türe aufgelassen und höre ihn schon kommen." – „Zieh meine Kleider aus und geh aus meinem Dienst, wenn dir das Lumpentheater mehr als ich zu befehlen hat," antwortete Julie. – „Ich kann nicht bleiben," schrie die Köchin, „ich kann die Kleider nicht ausziehn, denn es ist schon zu spät, um andre zu mieten; ich müßte mir das Leben nehmen, wenn ich die Künstler so anführte und in unanständigen Kleidern aufträte; was an Fettflecken aufs Kleid kommt, will ich gern wieder ausmachen." – „Charlotte, sei vernünftig," sprach Julie, „ich muß sonst zur Polizei schicken." – „Es soll mir nur so einer kommen," meinte die Köchin, „die gehen selber gern in unser Liebhabertheater, und vor einem fremden Soldaten kriechen sie alle zusammen ins Ofenloch; ich muß heut spielen, und sollte ich morgen dafür im Zuchthause sitzen. Da ist er schon, mein König!" – Es war Hans, des Rittmeisters Stallknecht in schönpoliertem Küraß, den er sich von einem Kürassier geliehen, der singend ins Zimmer trat und sehr erschrocken in der Türe stehen blieb, als er die Braut seines Herrn (denn er hatte es längst in des Herrn Papieren herausgelesen) mit seiner Jungfrau in Streit gefunden. Die Köchin wurde durch seine Nähe angefeuert, sich noch frecher auszulassen; dem Hans ging aber sein Herr weit über seine Liebe. Statt ihr den Arm zu reichen, gebot er ihr mit drohender Hand, den Willen des Fräuleins zu erfüllen, die Komödie möchte der Teufel holen. Diesmal ließ die Köchin alles überkochen, sie fluchte auf ihn und auf das Fräulein. Julie rief auf den Flur nach einem Manne, der im Hause wohnte und allerlei Bestellungen für sie machte, sie befahl ihm, den Polizeikommissär zu holen. Gleich sprang ein Mann in Uniform die Treppe herauf und fragte, wozu er verlangt werde, er sei der Polizeikommissär, der Regen habe ihn ins Haus getrieben, und er freue sich, die Zeit zu Berufsgeschäften benutzen zu können. Als Julie ihm mit Ernst die grobe Unverschämtheit der Köchin erzählt hatte, sah der Polizeikommissär die Köchin mit Wohlgefallen an und rief entzückt: „Es ist ein großes Talent, man muß ihr schon etwas zugut halten, solche Grobheit ist eine Übereilung und meint es nicht böse, und die Kleider hat sie wohl nur dem Publiko zu Ehren angezogen." Dabei sah er nach der Uhr und versicherte, er müßte forteilen, einige Anmeldungen und Abmeldungen von Mägden ins Buch einzutragen. – Julie, vor den Augen der Magd von dem Beamten der öffentlichen Ordnung verlassen, fühlte sich in ihrem Zorne berufen, ihm einige ernste Lehren zu geben, er verliere mit dem Unnützen so viel Zeit, daß er für wahre Übel der Zeit keine behalte. – „Ich erfülle höhere Befehle," sagte der Mann. – „Schlimm, sehr schlimm," rief Julie, „so sollten Sie wenigstens dieses Verderben den höhern Behörden schildern, dieses Aufsteigern der ärmern Klassen zu geselligen Verhältnissen, die nur der Überfluß gewähren kann. Statt Reisende tagelang mit Paßspielereien hinzuhalten, sollten Sie die Zusammenkünfte der dienenden Klasse beobachten, da ist die Ursach zu finden, warum wir in einer mit Polizei bevölkerten Hauptstadt wie auf den Diebsinseln uns befinden. Zehnfachen Diebstahl habe ich Charlotten hingehen lassen, weil sie darin nicht schlimmer ist als andre, aber die heutige Frechheit verzeihe ich ihr nicht." Der Polizeikommissär zuckte mit den Achseln und wollte Julien beschwichtigen, als Hans ihn in einen Winkel schob und seiner Charlotte in gemeinen Ausdrücken alle Freundschaft aufkündigte, weil er höre, sie habe gestohlen, eine Diebin sei ehrlos. – Charlotte trat ihm keck entgegen und fragte ihn, was er denn besser sei als sie, wenn sie den Wein ihrer Herrschaft genommen habe, wer sei es denn gewesen, der ihn getrunken? – Mit erhabnem Antlitze aufblickend, drückte Hans beide Hände gegen seinen Magen und rief in französischer Sprache: „Bewahrst du noch etwas, armer Unwissender, von dem gestohlenen Gute, so gib es ihr mit Wucherzinsen zurück!" – dann aber warf er dem Mädchen einen Blumenstrauß vor die Füße und rief: „Nimm alles zurück, was ich von dir habe, ich will mich nicht mehr mit dir gemein machen." Charlotte weinte wütende Tränen und schwor, es sei auch ihr recht, und sie wolle auch nichts von ihm bewahren. So warf sie ihm ein seidnes Umschlagetuch hin und nahm dann von ihrem Halse eine goldne Kette, woran ein schlechtes Miniaturbild befestigt (beides war von dem Tuche bisher versteckt gewesen), und warf sie auf den Tisch. Die Kette schurrte über den Tisch bis zu Julien, die unwillkürlich ihre Augen darauf heftete und mit erstarrtem Auge ausrief: „Ach, mein Vater, mein lieber Vater!" – Mehr konnte sie nicht sagen, eine heftige Wehmut deckte ihr das Licht der Augen, während Hans mit einiger Verlegenheit zugriff und mit der Kette augenblicklich forteilte. Als Julie sich wieder faßte, war er schon fort, aller Zorn war vergessen; sie flehete Charlotten mit aller Freundlichkeit an, dem Hans nachzugehen, ihn auszufragen, wo er die Kette erhalten. – Der Kommissär fragte in gewöhnlicher Neugierde, die sich mit Pflicht deckt, ob er ein Protokoll aufnehmen solle, wodurch ihr die Kette so bekannt wäre? „Kein Protokoll," sagte Julie, „hier ist kein Diebstahl wie bei meinen Kleidern, hier hat der Krieg ein liebes Eigentum in unrechte Hände geschenkt. Diese Kette war meine letzte Gabe, die ich dem Vater dreimal um seinen Vorderarm unter dem Ärmel schlang und mit diesem Schlüssel verschloß, sie ist eigen nach meiner Angabe gearbeitet, und mein Name steht in einzelnen Buchstaben dreimal in den Kettengliedern. Sie erklären sich daraus, wie ich die Kette beim ersten Blicke erkennen konnte, ach es war fast die erste Nachricht von ihm seit der Schlacht, nur das erzählte ein Verwundeter, mein Vater, der Oberst, sei vom Feinde umringt gewesen, als das Regiment von Übermacht gedrängt wurde. Hat Hans diese Kette selbst erbeutet, so weiß er auch, ob der Vater gefangen ist, vielleicht kann ich seine einsamen Stunden erheitern; ich kann die Hoffnung nicht aufgeben, ihn wiederzusehen!" – „Die Hoffnung läßt nicht zuschanden werden," meinte der Kommissär, „ich hoffte, daß sich der Regen noch zur rechten Zeit verziehen würde, und jetzt sehen Sie den hellsten Himmel, ich empfehle mich bestens und glaube die Genugtuung mit mir nehmen zu können, daß durch meine Zwischenkunft der häusliche Zwist in Frieden ausgeglichen ist. Solch eine Begütigung ist der schönste Lohn aller meiner Tätigkeit, ja, wenn ich einst von hinnen scheide, werden die Leute sagen, sie haben einen guten Mann begraben." – Der Kommissär entfernte sich mit der behaglichen Rührung einer guten Herzensverdauung und ließ die unruhige, unbehagliche Julie allein, die geduldlos auf jeden Tritt horchte, ob Charlotte mit Hans nicht bald die Treppe heraufkomme. – Charlotte war inzwischen bald ihrem Hans im Hause begegnet, der ihr schnell aus aller Verlegenheit half, indem er ihr versicherte, was er gesagt, sei nur in Rücksicht auf seinen Herrn geschehen, übrigens bleibe alles zwischen ihnen beim alten. „Aber wo ist die Kette?" fragte Charlotte, „das Fräulein sagt, daß sie ihr Vater, der alte Oberst, getragen." – „Ich habe sie im ersten Ärger hinterm Hause ins Wasser geworfen," sprach Hans, „eine Kette sieht der andern ähnlich, diese hatte ich in Paris selbst von einem Grobschmiede zum Zeitvertreib mir machen lassen aus vergoldetem Blei; laß uns nach dem Schauspiel gehen, so sind wir doch wenigstens diesen Abend noch recht lustig; es liegt ein Brief auf meines Herrn Tisch, wer weiß, ob wir morgen nicht marschieren müssen." So riß er Charlotten mit sich fort, die sich auch nicht sonderlich sträubte, mit ihm den Schauplatz des Ruhmes zu betreten. Juliens Geduld war bald erschöpft, nie hatte eine einzige Tochter ihren Vater so einzig geliebt, nie war ein Vater der Liebe und Achtung so würdig gewesen durch Treue in seinem Wandel als Mensch, Bürger und Soldat. Ohne große Erwartungen von dem Erfolge des Krieges zu hegen, war er doch von der Rechtlichkeit desselben so durchdrungen, daß er jeden Versuch, ihm eine ehrenvolle Ruhe zu sichern, zurückwies, er hatte sein Vaterland früher als seine Tochter unter seinen Augen aufwachsen sehen und mochte dessen Fall nicht überleben. Das und mehr ging wieder durch Juliens Erinnerung, während sie aus dem Fenster blickte und in bedeutender Entfernung beim Scheine des Vollmonds den Küraß des Hans und das Kleid der Charlotte nebeneinander zu erblicken glaubte. Sie hielt sich nicht zurück, sie folgte den beiden aus allen Kräften, nachdem sie Wohnung und Haus in raschem Entschlusse verlassen hatte. –

Dennoch behielten jene beiden den Vorsprung, und Julie hatte endlich den Verdruß, sie in der Türe eines mit wenigen Lampen verzierten Hauses verschwinden zu sehen. Außer Atem und unschlüssig blieb sie in einiger Entfernung von dieser Türe stehen, sie scheute sich vor dem Skandale, wenn sie einträte, sie scheute sich vor der unruhigen Sehnsucht, wenn sie zurückginge. So im Nachdenken vertieft, horchte sie den Reden der Vorübergehenden zu wie Orakelsprüchen, die ihren Weg bestimmen sollten, aber sie hörte von nichts als von Staat und Eßwaren, die jedes mit sich zu dem Liebhabertheater trug. Hier rühmte sich einer der Flasche Rum, die er allmählich dem Herrn abgezogen, dort erzählte eine der andern, daß ihr Kleid nicht mehr in der Mode sei; so lernte Julie ganz zufällig die Zuchthausschule kennen, durch welche Charlotte zu dieser Frechheit gereift war. Und doch hätte sie ihr für die Kette alles geschenkt und verziehen, warum floh sie, warum hatte sie ihr keine Nachricht gebracht? Da faßte Juliens Arm eine feste männliche Hand, sie erschrak und blickte zornig um sich. Aber ein Wort versöhnte sie, der Rittmeister stand hinter ihr, er hatte sie trotz der Dunkelheit erkannt und erzählte ihr mit Heiterkeit, sein Hans spiele in dem nahen Hause eine Heldenrolle, er habe Einlaßkarten von ihm und freue sich, den Gecken, gepornt von aller Eitelkeit, florieren zu sehen; wenn sie dadurch an keiner bessern Unterhaltung gehindert würde, möchte sie doch auch den Spaß mit ansehen, an seinem Arme sei sie gegen üble Nachrede geschützt, und überhaupt halte sich die Gesellschaft dort für sehr honett. Julie unterbrach ihn und erzählte ihm mit Wehmut, wie sie durch eine Kette, die Hans der Charlotte zu diesem Feste geliehen, einige Auskunft über das Schicksal ihres Vaters zu erlangen hoffe, aber Hans habe ihr nicht Rede gestanden, und sie habe beide auf dem Wege hieher nicht erreichen können und sich gescheut, ohne männlichen Führer in das Haus zu gehen. – „Wir begegneten uns zur rechten Zeit," sagte der Rittmeister, „ich glaubte dich noch im Kreise deiner echtdeutschen Fräuleins, die kein Wort Französisch sprechen wollen und mir auch Deutsch keine Antwort geben." – Julie gab vor, die Gesellschaft sei wegen einer Kränklichkeit Konstanzens früher als gewöhnlich auseinander gegangen, während ein vorübergehendes Mädchen einer andern erzählte, mit manchem unreinen

Spotte, ein Paar Fräuleins wären heute verrückt geworden und wollten sich absolut duellieren. Der Rittmeister hörte es nicht; er führte Julien durch das Gedränge, das ihm nach allen Seiten auswich, ins Haus und auf das Theater, das sich seinem Willen sogleich eröffnete. Der erste, der ihnen in die Augen fiel, war der gesuchte Hans, der mit erhabenem Haupte seine königliche Rolle überlas, während eine artige Dame ihm den Stiefel abrieb, den er auf einen Thron gesetzt hatte; ein grauenvolles Bild jener Zeit, wo ein fremder Krieger seinen harten Fuß auf den Thron und in den Nacken der Franzosen gesetzt hatte, und Germania ihm mit ihren Tränen und Blut ihrer Kinder höchstens seine Stiefeln zu putzen gewürdigt wurde! Weder Julie noch der Rittmeister hatten Ruhe genug, dieser Bedeutung zu achten, vielmehr begrüßte der Rittmeister den übermütigen Tyrannen mit einigen derben Soldatenflüchen, daß er nicht dem Fräulein über eine Kette Auskunft gegeben, an der ihr sehr viel liege, weil der, welcher sie getragen, ihr Vater gewesen. „Weißt du etwas von ihm?“ fragte Julie. „Der ist tot,“ antwortete Hans verlegen, „gewißlich ganz tot, wenn er gelebt hätte, wie würde ich ihm etwas abgenommen haben.“ – Julie seufzte schmerzlich auf, um die Hoffnungen ihrer Liebe mit diesem Seufzer auf immer zu entlassen, dann verwünschte sie den, der ihm den Todesstreich gegeben, und fragte wehmütig, indem sie sich an den Rücken einer Kulisse anlehnte, wo er den Toten verlassen, wie er verwundet gewesen? – „So etwas zerreißt das Herz,“ sagte der Rittmeister, „wenn wir das allgemeine Kriegsgeschick im einzelnen uns anschaulich machen.“ – Julie sprach, ihr Herz sei so tief zerrissen, daß nur eine lange Betrachtung ihres Unglücks sie heilen könne, sie wiederholte ihre Fragen, und Hans stammelte in Verlegenheit allerlei unzusammenhängende Reden von Wunden und Schlachtfeldern. Mitten in seiner Rede unterbrach ihn der Direktor des kleinen Theaters, daß er auftreten müsse, und Hans wischte sich die Stirne und drehte sich flüchtig fort. Der Rittmeister befahl ihm zu bleiben, aber Hans schien keine Ohren mehr zu haben, deswegen eilte ihm jener aufs Theater nach und gewohnt, auf dem Welttheater manches ärgere Geschäft durchzuführen, packte er gleichgültig gegen das zusehende Publikum den guten König, noch ehe sich die begeisterte Jungfrau zu seinem Schutz eingefunden, beim Kragen und schleppte ihn unter schallendem Gelächter der Menge in die Kulisse zu Julien. Hier fragte er ihn: „Wo hast du die Kette gefunden, was sollen die verwirrten Reden? hast du noch nicht so viel Artigkeit gelernt, einer Dame Rede zu stehen, so darfst du noch nicht den König spielen." – Julie bat für den entthronten König, dieser aber verlangte keine Schonung mehr, sondern in seiner Eitelkeit über alles Maß gekränkt entgegnete er trotzig: „Was für ein Lärmen um eine Armkette, die ich einem Toten abnahm! ich will mich vor jedem Kriegsgerichte rechtfertigen." – „Es ist hier gar nicht vom Nehmen die Rede, sondern von Rede und Antwort, die du zu geben verpflichtet bist, oder ich lasse dich sogleich festsetzen," sprach der Rittmeister; „wo hast du den Toten gefunden?" – „Sie wissen's besser als ich," antwortete Hans, „denn unsereiner bekümmert sich nicht darum, wie die Dörfer heißen, wenn nur Futter für Menschen und Vieh darin zu finden; wo hieben Sie den Alten vom Pferde?" – „Von dem ist die Kette?" fragte der Rittmeister verwirrt und beklommen. – „Freilich," antwortete Hans, „die Kette und diese Pistole, die ich mir wegen des silbernen Beschlags in den Gurt steckte." – „Hatte ich dir nicht verboten, den Alten zu berauben? Du solltest für ihn sorgen." – „Ich sorgte für ihn, solange er lebte, und das währte nicht lange, nachher war ich sein natürlicher Erbe; sollte ich Geld und Geldeswert den Bauern schenken, die ohnehin alle Soldaten nackt ausplünderten?" – „Geh und verschweig gegen jedermann, was wir hier gesprochen," sagte der Rittmeister, „dein Plündern führt mich zu einer Entdeckung, die mich sehr unglücklich macht." Julie hatte unterdessen Kette und Pistole an sich genommen und ihren Geldbeutel dafür dem Hans in die Hand gedrückt, dann wandte sie sich schweigend mit gesenktem Blicke fort zur Türe, sie hatte die abgebrochenen Reden jetzt nur zu wohl verstanden, sie mochte keinen nähern Aufschluß mehr, sie wußte alles. Sie konnte den Rittmeister nicht mehr anblicken, für keinen Preis hätte sie seine Hand beim Weggehen annehmen mögen, es war die Hand, die ihren Vater umgebracht, es war ihr nicht mehr die verlobte Hand. Der Rittmeister folgte ihr schweigend, mehr zu ihrem Schutze gegen die Menge, als in dem Wunsche, sich näher zu erklären, obgleich ihm auch dies bald ein dringendes Bedürfnis schien; eine Nacht des ernsten Gerichts verfinsterte ihm jede Aussicht, es graute ihm vor dem Unnennbaren, der durch Zeichen dieser Welt andeutet, was eine andre mit ewiger Klarheit ausspricht. Julie nahte sich erst ihrem Hause, aber es war ihr entsetzlich, unter *einem* Dache mit einem Manne zu schlafen, dem sie noch vor wenig Augenblicken die älteste Freundschaft, langgehegte Gesinnung, Vaterland und Freiheit geopfert hätte; die Erzählung am Verlobungstage, das blutige Haupt des Vaters stand vor ihrer Seele, und der rasselnde Degen des Rittmeisters schallte hinter ihr wie ein Mordschwert des Henkers, das immer noch den bleichen Schatten verfolge und auch ihrer nicht schonen wolle. Sie wandte sich nach der Straße, wo Konstanze wohnte, ihre Schritte beflügelten sich, kein Quivive beachtete sie, der Rittmeister hinter ihr beschwichtigte die Posten, die sie einzufangen Lust hatten. Sie bemerkte es nicht, sondern eilte in das Haus Konstanzens, ohne sich nach dem Unglücklichen umzuwenden, der vergebens auf diesen Scheidungsaugenblick zu gegenseitiger Erklärung geharrt hatte. Mit Kette und Pistole in der Hand trat sie bleich in Konstanzens Zimmer, die eben, von der Gesellschaft früher als gewöhnlich verlassen, die Lichter auslöschte, die zum Überfluß brannten. Der Streit hatte allen eine gewisse Unbehaglichkeit zurückgelassen, und Konstanze selbst empfand jetzt einige Reue über ihre Härte. – „Du willst schon heute unsern Streit ausmachen?" fragte sie die eintretende Julie, als sie in ihrer Hand die Pistole erblickte. Julie aber fiel ihr in die Arme, schluchzte heftig und konnte nur allmählich sich erklären. Zuerst versicherte sie ihr nur, daß kein Streit mehr zwischen ihnen sei, daß Konstanze recht behalte, daß sie erst jetzt durch die Hand des Geschicks, das ihr den Mörder ihres Vaters unter Hunderttausenden der Feinde als Bräutigam zugeführt, die Weisung erhalten habe, daß eine Liebe zu den noch unversöhnten Feinden des Vaterlandes immerdar ein Frevel bleibe. „Das Andenken meines Vaters," sagte sie, „die Erinnerung seiner Grundsätze ist mir wieder kräftig durch die Seele gegangen, und ich gebe mein Wort, meine Ehre, meine Liebe zu ihm zum Pfande, daß ich mir selbst nicht wieder ungetreu werden will." Konstanze suchte sie mit Lob und Zärtlichkeit zu beruhigen und zu trösten, aber vergebens, die beiden sonst unzertrennlich genannten Mädchen waren wieder vereinigt, aber es fehlte beiden das beruhigte Dasein; die Beratung, was zu tun sei, füllte die Nacht, ohne zu einem festen Ziele zu gelangen. Konstanze wollte bitter kränkend im Namen ihrer Freundin an den Rittmeister schreiben; als sie ansetzte, fand sie, daß er nichts als seine Schuldigkeit auf dem Schlachtfelde getan. Juliens Schuld war es, daß sie sich dem Feinde verlobte, es kam kein Brief zustande. Der Rittmeister hatte lange vor dem Hause gewartet, jede Stunde konnte ihn, nach den Bewegungen des Heeres zu schließen, aus der Stadt entfernen; sollte er nicht abschließen, ehe ihn ein neues Geschick in seinen Strudeln fortriß? Er wollte sich erklären, wurde sich selbst aber in diesem Wunsche immer unerklärlicher. Wie war so viel eitle Torheit in ihm untergegangen, seit er Julien liebte, nie konnte ihn wieder der Zaubernebel seines Handwerks umhüllen, seinen Soldatenrock hatte er ausgewachsen, er war ihm nach allen Seiten zu eng und zu kurz, er beschloß, was er Julien bisher verweigert hatte, zu ihrer Versöhnung die kriegerische Laufbahn zu verlassen, die er mühsam eröffnet hatte, und die ihn jetzt sicher zur Höhe oder zum Untergang führen mußte. Diesen Entschluß ihr schriftlich mitzuteilen und der Ruf des Wächters, der die zweite Nachtstunde abrief, so daß Julie wohl schwerlich mehr auf dem Heimwege zu sprechen sei, veranlaßten ihn, nach Hause zu gehen. Hans öffnete ihm die Türe in Verlegenheit, der Rittmeister schwieg, Hans reichte ihm einen Brief, der angekommen, der Rittmeister durchlief ihn flüchtig: es war der Befehl, am nächsten Morgen zu dem Generalstabe der spanischen Armee aufzubrechen.

3. Der Generalmarsch

Um vier Uhr morgens, als Julie und Konstanze kaum eingeschlummert waren, schreckte sie der Generalmarsch wieder auf, der durch alle Straßen geschlagen wurde. Konstanzens Mädchen, die herunterlief, sich nach der Ursach zu erkundigen, kam bleich und atemlos mit den Worten zurück: „Die Feinde wollen uns erst ausplündern und die Stadt verbrennen, dann ziehen sie ab; ach, mein schönes, neues, weißes Kleid!" – „Dummes Zeug," sagte Konstanze, „es klingelt, sieh zu, wer so früh zu uns verlangt." – Das Mädchen kam zurück, als hätte sie den steinernen Gast gesehen, und rief:

„Da sind sie schon zum Sengen und Brennen, der eine hat den roten Hahn auf dem Hut.“ – Konstanze ergriff die Pistole Juliens, ging an die Gittertüre und fragte, wer sie so früh störe? Sehr artig mit vielen Entschuldigungen antwortete eine männliche Stimme und schob einen Brief durchs Gitter, er sei der Ordonnanzgendarm des Generals und bringe für Fräulein Julie ein Schreiben des Rittmeisters Stauffen, sie zögen eben fort nach Madrid. – Konstanze nahm den Brief an und sagte laut zu sich selbst: „Da sollt ihr nicht sobald hinkommen!“ – „Ist es sehr weit von hier?“ fragte der Gendarm. – „Nicht weiter als euer Grab,“ antwortete Konstanze. – Der Gendarm drohte mit dem Finger und sagte: „Wir waren zu lange hier, man fürchtet uns nicht mehr.“ Dann ging er die Treppe hinunter, indem er vor sich sprach: „Diese Dame hat Verstand, viel Verstand, aber kein gutes Herz!“ – Konstanze wollte ihre Julie weder an ihre Schwäche noch an ihr untergegangenes Glück erinnert wissen, sie sagte deswegen beim Eintreten nichts von dem Briefe, sondern berichtete, es sei ein Franzose gewesen, der seinen Offizier gesucht. – Der Schlaf war nun einmal gestört und ließ sich nach seiner eigensinnigen Art nicht wieder zurücklocken, außerdem war der Morgen hell, das Zimmer sonnig, die Blumen vor dem Fenster auf dem Brette erwachten duftreich, alle fingen ihren Tag etwas früher als gewöhnlich an und fanden sich dadurch innerlich lebhafter angeregt. Während Konstanze mit ihrer kleinen Wirtschaft beschäftigt war und den Kaffee selbst filtrierte, mußte Julie gegen ihren Willen ohne Haß aller schönen Morgenstunden gedenken, wenn ihr Einquartierter bei ihr gefrühstückt hatte. Und während sie so an ihn dachte und auf die Straße hinausblickte, schallte in ihrer Nähe eine Regimentsmusik auf, die abziehenden Regimenter gingen hier in vollem Glanze an dem General vorüber, der General stand ihr gegenüber – und neben ihm der Rittmeister. Nie war sie innerlich so verlegen, gern hätte sie ihm einen Abschiedsgruß gewährt, aber sie schämte sich vor ihrer Freundin, und als diese mit dem Kaffee zu ihr trat, hatte sie sich schon vom Fenster abgewendet. Der Rittmeister fühlte dieses Abwenden sehr schmerzlich, insbesondere weil ihm der lange Brief im Kopf noch umherwogte, den er während der Nacht an sie geschrieben hatte; er dachte gewiß, sie hätte ihn gelesen, er irrte umher in seinen Gedanken, was sie ihm wohl antworten würde, aber ein paar Zeilen von ihr hatte er schon hier mit Zuversicht erwartet, wäre es auch nur ein ewiger Abschied gewesen. Aber kein Bote erschien, und auch Julie trat nicht wieder ans Fenster; er klagte sie der Härte an, während sie von seiner Unempfindlichkeit beleidigt war, daß er keinen Versuch gemacht, ihr seinen Abschied schriftlich oder mündlich zu sagen: das, meinte sie, sei er der Erinnerung ihres Verhältnisses schuldig gewesen. Der Ausmarsch war beendet, die Bürger sahen schon leichter und freier umher und fühlten wieder ihr Eigentumsrecht an ihren Häusern, auch der Rittmeister mußte dem General nachziehen, drückte den Hut auf den Kopf und sprengte mit dem Wunsche fort, sein Pferd möchte stürzen und ihn zum längeren Verweilen zwingen. Jetzt trat Konstanze vom Fenster, das sie bisher sorgfältig eingenommen hatte, daß Julie den Rittmeister nicht sähe, und Julie trat hin und sah ihn nicht mehr und mußte sich über ihr Gefühl ärgern. Dienstboten sagen gern, wenn sie sonst keinen Grund ihres Aufsagens erklären wollen, sie möchten sich verändern, so wünschte auch Julie sich verändern und von dem Dienste ihrer Neigung lossagen zu können, sie hoffte, daß eine Reise diese Gewalt über sie haben würde. „Das Grab meines Vaters möchte ich sehen und mit seinen Lieblingsblumen schmücken," so brach Julie das Schweigen, „aber wo soll ich es finden, in der Zerstörung des gestrigen Tages ist mir der Name des Orts entschwunden." – „Da weiß ich Rat," antwortete Konstanze, „der Hans vom Rittmeister ist draußen und läßt sich nicht abweisen, er ist von dem Herrn fortgejagt, weil er die schlimme Geschichte verraten, er sucht einen Dienst, und wenigstens bis dahin könnte er uns begleiten, ich fühle deinen Wunsch natürlich und wahr, der Anblick des Grabes und was der Mensch über seinen Herrn und dessen Liebschaften in andern Städten spricht, könnten dich am besten von aller Zuneigung heilen." – „Hans ist hier?" sagte Julie und wurde rot: „sollte er mir etwas bestellen?" fragte sie noch verwirrter. – „Hörst du nicht," rief Konstanze, „sein Herr hat ihn entlassen, er kam schon hieher, als ich den Kaffee bereitete, ich wollte dir eben alles verschweigen." Er wurde hereingerufen und ergoß sich in fatalen Historien seines Herrn, der doch in Vergleich mit seinen Kameraden wirklich tugendhaft zu nennen war, obgleich nicht unschuldig. Julie gebot ihm Stillschweigen und wurde immer unschlüssiger, ob sie ihn nehmen sollte, sie rückte ihm sein Verständnis mit der diebischen Charlotte vor, Hans aber schwor hoch und teuer, daß sie nie ernsthaft gewesen, nur zum Schauspiel wären sie zusammengekommen, sie habe eine Liebschaft mit dem Regimentstambour gehabt und sei auch heute mit ihm fortgegangen. „Gewiß bin ich von ihr diese Nacht bestohlen," rief Julie, „aber keine Gewalt zieht mich in mein Haus zurück." – Hans seufzte und sprach: „Es ist hier eine Menschheit, eine Menschheit sage ich, eine rechte Diebsgeneration, die nur mit dem Kantschu zu kurieren ist, habe schon so etwas im Hause von Diebstahl gehört." – „Kein Wort gegen mein Volk!" rief Konstanze erzürnt. – „Nun," sagte Hans, „da tritt schon der Herr ein, der alles untersucht hat, der wird das Nähere sagen, ich habe gewiß recht." – Der Polizeikommissär von gestern trat ein, bat sich einen Taler Strafe aus, weil Charlotte nicht abgemeldet worden und heute mit den Franzosen fortgezogen sei, dann berichtete er, sie sei verdächtig, mancherlei Küchengeschirr ihrer Herrschaft entwendet zu haben, weil sie mit mehreren andern Köchinnen zusammen eine Restauration von gestohlnen Lebensmitteln errichtet gehabt, die wohl ein halbes Jahr bestanden, bis endlich ein Gast sein eignes Tischzeug dort bemerkt habe. „Sie, mein Fräulein," sagte er zu Konstanzen, „haben Früchte aller Art dazu liefern müssen, auch Wein und Tee." – Konstanze zürnte gegen die Stadt und gegen sich, dann rief sie ihr Mädchen, die sich aber schon bei der Ankunft des Polizeikommissärs entfernt hatte. „Meine politischen Sorgen hatten mich dem eignen Hause entfremdet," sagte Konstanze, „ich bemerkte wohl, daß die reichlichen Sendungen meines Oheims schnell verschwanden, aber es war mir lästig, so kleinlicher Not bei dem allgemeinen Untergange nachzudenken." – "Wer verliert mehr als ich," seufzte der Polizeikommissär, „Charlotte war meine Braut, gewiß, sie liebte mich, unglückliche Verhältnisse und der häufige Gebrauch der gebrannten Wasser entführten sie meinem Herzen, so suche ich bei herannahendem Alter vergebens nach einer Lebensgefährtin." – Julie sprach leise zu Konstanzen: „Schicke ihn fort und laß uns reisen, *daß wir nicht den Jammer dieser Welt verlachen lernen.*" – „Die gebrannten

Wasser," fuhr der Kommissär fort, „sind das große Übel unsrer Zeit, sie verzehren Vernunft, Gesundheit, Geld, und der Durst wächst mit dem Mangel; manches edle Mädchen scheiterte schon an dieser Klippe, und ich warne dagegen väterlich, aber meine Stimme verhallt." – „Lassen Sie die Leute trinken," sprach Konstanze ungeduldig, „trinken Sie selbst, aber tun Sie künftig besser Ihre Schuldigkeit, für die Sicherheit der Häuser, für die Ordnung des Gesindes, für Straßenreinigung und Löschanstalten zu sorgen, verhüten Sie Verbrechen; sind sie aber geschehen, so bringen Sie die Verbrecher zur Strafe, statt zu schwatzen." – „Mein Gott," rief der Mann, „das ist Injurie, wie komme ich dazu, so wird mein Herz verkannt!" – Mit diesen Worten entfernte er sich als ein gekränkter Biedermann. – „Wir gehen fort," sagte jetzt Konstanze, „die Stadt kann ich keinen Tag mehr vor Augen sehen, wie will ich jubeln, wenn ich den Staub von meinen Schuhen schüttle; dich, Hans, nehme ich in Dienst für diese Reise, schnell bringe meinen Wagen in Ordnung, zu deines Vaters Grabe, Julie, sei unsre erste Wallfahrt, aber dann führe ich dich weiter; der Oheim drängt mich schon lange, daß ich wieder zu ihm komme, lies seinen letzten Brief, ich solle mir Gesellschaft mitbringen, wen ich wollte, ihm solle jeder willkommen sein, der mir den Aufenthalt bei ihm erträglich macht. Unerträglich ist der Oheim, ich gesteh's, seine Liebhaberei an den Franzosen, ihren Sitten und Büchern bringt mich zur Verzweifelung, aber deine Einfälle, Julie, wenn du wieder heiter wirst, stelle ich ihm entgegen." – „Du dankst dem Oheim viel," sagte Julie. – „Alles," antwortete Konstanze, „er hat mich eigentlich erzogen, mein seliger Vater verwilderte mich, er ist der beste Mann, und ich gesteh's, ich bin zuweilen hart gegen ihn, aber es geht mir mit ihm wie bei tauben Leuten, ich komme ins Schreien, das Schreien verlangt Kürze, die Kürze wird zur Grobheit, und so fertige ich ihn zuweilen unsanft ab, ohne es böse zu meinen. Auch ward er niemals böse, lies nur diesen letzten Brief." – „Seltsam," sagte Julie, indem sie den Brief entfaltete, „ist es doch, als ob du mit dir selbst Briefe wechseltest, dieselbe Handschrift." – „Warum seltsam?" antwortete Konstanze, „ich war schon ein Mädchen von zwölf Jahren, als ich zu ihm kam, und konnte noch nicht schreiben, da unterrichtete er mich selbst, damit meine Unwissenheit keinem kund würde, so nahm ich seine Schriftzüge unwillkürlich an."

4. Die Reise über das Schlachtland

„Wie die Lerchen singen in dem grünen Korn!" sagte Julie zu Konstanzen in dem halben Wagen, „es wird einem das Herz hier so leicht, nirgends stand das Korn so lustig." – Hans, der alles auf dem Bocke hörte, was im Wagen gesprochen wurde, drehte sich um und sagte: „Sehen Sie, gnädiges Fräulein, hier ging's am blutigsten zu, wie sah es hier aus, als wir vorrückten; unsere Kanoniere hatten wie die Teufel gearbeitet; da bei der kleinen Eiche fand ich meinen Herrn und den Herrn Vater; halt, Schwager, das Fräulein will aus dem Wagen springen." – Julie lag lange in Gebet und Tränen auf der Stelle, wo das Blut ihres Vaters geflossen, Konstanze mußte sie fast mit Gewalt der geliebten Stelle entreißen. Julie nahm einen jungen Eichenzweig zum Angedenken mit, stumm fuhr sie bis zum Pfarrhause des nächsten Dorfes, wo Hans anhalten ließ. Konstanze ging voran in die Stube, wo eben allerlei häusliches Geschäft mit großer Eile fortgeräumt war, sie erklärte dem Pfarrer die Ursach des Besuches, der sich darauf mit Teilnahme zum Ausgehen bereit machte und die Kinder zurückwies, die alle gern mitgehen wollten. Sie gingen beim Küster vorbei, der Pfarrer hatte eine Laterne, gebot aber diesem, zurückzubleiben. „Wozu eine Laterne?" fragte Konstanze. „Still!" sagte der Pfarrer. Sie kamen an eine hochgelegene, schöne, alte Kirche, von hoher Mauer umgeben, der Kirchhof voll steinerner, kleiner Denkmale, mit wilden Rosen blühend bewachsen. Julie nahm jetzt die Blumentöpfe dem Hans ab, es waren die Lieblingsblumen des Vaters, Lilien aller Farben; sie fragte nach der heiligen Stelle. Der Pfarrer winkte und sprach leise: „Hier werden Sie ihn unversehrt wiedersehen." Er öffnete die Kirchtüre, und Julie wurde von einer Hoffnung ergriffen, der Vater lebe, er sei vom Pfarrer hier geborgen. Konstanze befahl dem Hans zurückzubleiben. Sie gingen eine steinerne Treppe nieder, die Laterne des Pfarrers leuchtete vor, er öffnete ein zweites Schloß, und sie traten in ein Gewölbe, das schaudernd kalt war. Als sie sich umblickten, sahen sie viele Krieger, Freunde und Feinde, bleich, aber unversehrt wie die

Siebenschläfer in der Stunde ihres Erwachens, in ihren Kleidern umherliegen auf dem Rücken breiter, alter Särge. In der Mitte lag ein Ritter in seinem schwarzen Harnisch auf einer Marmorplatte, sein Helm war geöffnet, Julie blickte hin und sank mit dem Ausruf nieder: „Mein Vater!" Die Blumentöpfe stürzten nieder, die Lilien lagen zerstreut und entwurzelt auf dem Boden, Konstanze suchte Julien zu unterstützen, und der Pfarrer zündete einige Fackeln an, die er rings im Gewölbe verteilt hatte. Still ließ er die Verzweifelung des ersten Eindrucks vorübergehen und entfernte sich, doch bald verkündete der Orgelklang, der durch eine Öffnung im Gewölbe aus der Kirche zu ihnen schallte, daß er ihnen seinen Trost, so liebreich er könnte, geben wollte. Er regte mit kunstgeübter Hand die schöne Melodie an: „Wie sie so sanft ruhn," und der Chor seiner Kinder, die ihm nachgeschlichen, sang das Lied, während Julie den Eichenkranz um den Helm des Vaters schlang. Am Abend in der Ruhe des wohlgebauten Gartens, von welchem die Kirche gesehen werden konnte, hatte sich Julie so weit gefaßt, daß sie nach der Kunst fragte, die ihr den Genuß gewährt, die Züge des geliebten Vaters unzerstört wiederzufinden. „Es ist die Eigenschaft dieses Gewölbes," sagte der Pfarrer, „die Leichen zu erhalten und durch luftige Kälte die Verwesung zu hemmen und die Säfte auszutrocknen. Der gemeine Glaube ist, daß die Leichen hier versteinerten. Unser Dorf war abgebrannt, die Bewohner zerstreut oder plündernd, es fehlte an Handwerkszeug zu Särgen, an Leuten, um Gräber zu machen. In der Verlegenheit schaffte ich vorläufig alle Leichen derer, die bei mir und bei meinen Nachbarn verschieden, in jenes Gewölbe, ich selbst bewahrte den Schlüssel, daß die Toten ihrer Ehrenkleider am Tage der Schlacht nicht beraubt würden. Ihr Herr Vater war leider schon beraubt, als er in mein Haus gebracht wurde, sein herrliches, ritterliches Antlitz gab mir den Gedanken ein, ihn in die Rüstung des Stammvaters unseres gutsherrlichen Geschlechts zu hüllen, gewiß ruhen sie mit verbrüderter Ehre gern übereinander. Unser Gutsherr sah, was die Not eingegeben, und befahl, dieser Einrichtung Dauer zu lassen, das Grabgewölbe allem künftigen Gebrauche zu schließen und mit diesem Unglückstage die Geschichte seines Geschlechts zu schließen, er selbst wolle in der Erde zerstört werden, und so sollte es auch den Seinen ergehen, bis Deutschland wieder befreit sei. So hat er in seinem Testamente verordnet, und er starb drei Monden darauf an innerem Gram.“ Julie blieb die Nacht im Orte, sie wollte ihrem Vater ein ewiges Blumenopfer auf dem Altar der Kirche stiften, da sein Grab für die Blumen zu kalt und zu tief war. Sie kaufte einen Garten neben dem Gottesacker und stiftete ihn auf ewige Zeit der Benutzung des Küsters unter der Bedingung, den Altar täglich, solange das Jahr es verstattet, mit frischen Blumen zu schmücken, und wenn sich Betende morgens einfänden, einen Choral auf der Orgel zu spielen. Sie selbst sah am Morgen diese Einrichtung in ihrem ersten Anfange, sah die Andacht mancher schwer Gebeugten und die Achtung der meisten, endlich sah sie noch einmal das geliebte bleiche Antlitz und fuhr dann, in sich beruhigt und befestigt, dem ländlichen Aufenthalte zu, der ihrer beim Oheim Konstanzens wartete. Die lange Stille im Wagen unterbrach endlich Konstanze, indem sie den Abschiedsbrief des Rittmeisters aus ihrem Taschenbuche zog und Julien ruhig erzählte, sie habe den Brief zurückgehalten, bis sie ihr Festigkeit genug zugetraut, eine verderbliche Neigung zu überwinden. Julie, durch den frischen Anblick des Vaters und der tiefen Wunde seines Hauptes gehärtet, beschwor, daß weder Briefe noch selbst die Nähe des Rittmeisters einige Gewalt über sie hätten, der Brief sei ihr so gleichgültig, daß sie ihn nicht lesen und daß sie ihn in keinem Falle beantworten möchte. – „Du mußt doch den Inhalt wissen,“ sagte Konstanze. – „So lies ihn und sage mir den Inhalt in aller Kürze, ich mag ihn nicht lesen, meine Augen sind von dem Schmerze dieser Tage angegriffen.“ – Konstanze erbrach den Brief, las ihn und sagte zu Julien: „Er will den Abschied nehmen, seinen Aussichten auf Glanz und Ehre entsagen und bei dir leben zur Buße des unglücklichen Geschicks, als der geringste Diener.“ – „O wie verhaßt sind mir die leeren Redensarten dieses Volks, seit ich die Wunde meines Vaters gesehen, was sollte mir ein Diener, der mein Bräutigam gewesen, ich antworte ihm nicht, er meint, daß ich töricht genug bin, mich durch solche Demut rühren zu lassen.“ – „Aber ich habe dem Gendarmen Antwort versprochen,“ sagte Konstanze, „er meint den Brief verloren, schreibt und stört dich wieder.“ – „So schreib ihm, Konstanze,“ antwortete Julie, „daß ich den Brief erhalten, daß ich das Schreiben an ihn, wie jedes Zeichen der Verbindung, aufgegeben, wünsche ihm in meinem Namen jedes glückliche Verhältnis in seinem Vaterlande, das er mir, seiner Feindin, habe bereiten wollen, nur meine Augen möchte er meiden, wenn er mich je geliebt."

5. *Die Handschrift*

Der Rittmeister, von den unzähligen Streitigkeiten mit seinen Soldaten im ersten Nachtquartier auf französischem Boden erschöpft, schloß sich ein und sank auf dem großen, altväterlichen Stuhle in Schlummer, als es wieder heftig an seine Türe pochte. „Sind denn unsre Soldaten zu wilden Tieren in der Fremde geworden?" rief er vor sich in bittrem Unmut und schloß die Tür mit den Worten auf: „Was gibt's wieder für neues Unglück?" – Ein freundlicher, wohlgenährter Schildkurier stand aber vor ihm in betreßter Jacke und schwor, er bringe stets Glück und gute Nachrichten, und zog einen Brief an den Rittmeister heraus, der ihm von dem Freunde zur eignen Einhändigung empfohlen war. Des Rittmeisters Herz schlug durch den engen Rock fast sichtbar: gewiß eine Antwort von Julien, dachte er, nahm ihn mit Dank und steckte ihn in die Tasche, ohne die Aufschrift zu lesen. Dem Kurier wurde eine Flasche vom besten Weine mit Ungeduld einkomplimentiert, kaum war er aus der Türe, so schloß er sich ein und hätte nicht aufgeschlossen, und wenn die ganze Bürgerschaft um Hilfe geschrien hätte. Jetzt sah er die Aufschrift, trat näher zum Licht, sah wieder und schrie überrascht laut: „Gott, meine arme Mutter!" – Er riß den Brief auf und las das Todesurteil seiner Liebe von eben der Konstanze unterzeichnet, die er wohl im Vorübergehen gesehen, aber niemals näher kennen gelernt hatte. Dreierlei Bewegungen brachen jetzt in seiner Seele gegeneinander ihre Heftigkeit: gekränkte Zärtlichkeit, empörter Stolz und neuerregter Schmerz eines von aller Welt verlassenen Kindes um die verlorne Mutter, die es allein geliebt hatte. Verlassen fühlte er sich, seine nahen Freunde waren im letzten Feldzuge geblieben, sein treues Roß war gestorben, und das deutsche Mädchen opferte dem Spiele des Zufalls das beschworne Band. Nach einiger Zeit seufzte er und strafte sich selbst: eine Härte straft die andre, ich lernte kein Schonen im Glück der Schlacht, so schont sie auch meiner nicht im Unglück. – Mitten in seiner Verzweifelung war ihm die Handschrift ein tiefeindringender Trost, denn unverkennbar war es dieselbe Handschrift, aus der seine Mutter ihm Unterricht im Lesen gegeben hatte, er fand sich gedrängt, das Schmerzlichste immer wieder zu lesen, ja zu buchstabieren, wie er am Knie seiner Mutter bis zu dem Augenblicke getan, als die Nationalgarde sie ihm in den ersten Zeiten der Revolution entriß. Wie war es aber möglich, daß Konstanze, die jünger als er, damals schon Briefe an seine Mutter könnte geschrieben haben, sie lebte noch nicht zu jener Zeit, das war ihm gewiß; wer hatte ihr den Brief geschrieben oder für sie abgeschrieben? das ließ ihm keine Ruhe; sein Stolz war bald überwunden, sein Schmerz über Juliens Entschluß, sein Verlangen, den Urheber jener Handschrift zu erfahren, der Konstanzens Brief abgeschrieben, wurde mit der ganzen Ursache dieser Neugierde ausführlich erzählt, der Brief schon am andern Tage auf die Post gegeben. Er dachte wohl nicht, daß dieser Brief mit tausend andern mehrere Jahre in dem Kasten des Postmeisters ungelesen ruhen werde, denn der Kaiser hatte alle Korrespondenz der spanischen Armee untersagt. Er marschierte mit der Hoffnung weiter, recht bald Auskunft über die Handschrift zu erhalten, die er wie ein Heiligtum stets bei sich trug und gewöhnlich alle Abend betrachtete, wenn er vom Dienst nicht gestört war. Der Dienst war aber in diesem Kriege höchst anstrengend, so leicht die Schlachten auszufechten waren, so wenig nutzte deren Gewinn, das Volk ergab sich nicht, der kleine Krieg war verderblich, die Erhaltung schwer, die Verbindungen stets unterbrochen, jedes Korps wie eine einzelne blockierte Festung in dem weiten, durch Gebirge zerrissenen Lande, die Not und Dauer dieser Anstrengung, statt zu ermüden, brachte auch die Gleichgültigsten von beiden Seiten zu einem ungewöhnlichen Eifer für die Sache, die sie ergriffen und die sie verteidigen mußten. So ward auch der Rittmeister aus dem Widerwillen, den er ursprünglich gegen diesen Krieg hegte, allmählich zum wachsamsten, unermüdlichsten Unterdrücker Spaniens umgebildet, doch vergaß er nicht darüber seine Liebe und seine Sehnsucht wegen der Handschrift. Noch zweimal schrieb er deswegen an Konstanzen, blieb aber immer aus dem natürlichen Grunde ohne

Antwort, weil seine Briefe, wie alle andern, nicht durchgelassen wurden, er aber zufällig diese Maßregel, die von andern künstlich umgangen wurde, nicht ahndete und von niemand zu erfahren bekam. Vier unruhige, zerstörende Jahre, in denen er zum Obersten durch sein Verdienst und seinen Diensteifer sich emporgeschwungen, waren ihm ohne einen Tag hingeschwunden, dessen er mit Lust denken mochte, als ein Befehl des Kaisers mehrere geschickte Offiziere, unter diesen auch ihn, von dem spanischen Heere abrief, niemand wußte einen Grund dieser Maßregel anzugeben; inzwischen mußte er die bisher im Generalstabe bearbeiteten Geschäfte schnell in Ordnung bringen, konnte aber doch nicht zur rechten Stunde damit fertig werden, als die ganze Schar Offiziere unter starker Bedeckung den Heimzug antrat. Einen Tag später ritt er ihnen nach, sein Pferd war gut, er traute seinem Führer und glaubte bestimmt, sie schon beim nächsten Nachtquartier einzuholen. Bis zum Mittage ging die Reise ohne Störung durch das öde Land fort, da sanken dem Obersten die Augen zu, er hatte seit ein paar Nächten nicht geschlafen. Der Führer benutzte diesen Augenblick zu entspringen, er hätte den Schlafenden ohne Gefahr erschlagen können, wenn er die Gesinnung seiner meisten Landsleute gehegt hätte, wahrscheinlich war es ihm nur darum zu tun, aus den steten Besorgungen für die Franzosen heraus zu den Seinen zu kommen. Als der Oberst wieder erwachte, fast aufgelöst von der Hitze und blind von den Strahlen der Sonne, glaubte er erst nur, der Führer habe sich auf einen Augenblick entfernt. Aber vergebens schallte sein Ruf, es war ihm, als sähe er in weiter Ferne einen Flüchtigen. Verlassen wie auf einem Nachen im Weltmeere, das ihn im Schlafe von der sichern Küste fortgetrieben, hatte er keinen andern Wegweiser als die Sonne; es war ihm genug, daß sie ihm gerade in dem Rücken brannte, um seinen Weg danach zu bestimmen, zugleich mußte er seine Waffen jeden Augenblick bereit halten, ihn gegen Angriffe zu schützen. Kein Haus lag an der Straße, die er ritt, Menschentritte waren wohl am Wege zu sehen, aber wie bei den versteinerten Tieren in Felsen schien kein lebender Überrest von ihnen als der Abdruck im verhärteten Tone der Straße übrig. Die Einsamkeit lenkte seine Gedanken wieder zu der schönen Geselligkeit seiner Kindheit und zu den guten Tagen seiner

Liebe, so verging ihm die Zeit bis zur Dunkelheit gar schnell. Als es fast dunkel war, sah er vor sich ein verbranntes Dorf und ein wohlerhaltenes Klostergebäude in der Nähe. Er ritt auf das Kloster zu, aber auch hier schienen alle Bewohner entflohn. Die Türe war unverschlossen, er durchschritt den Gang, alles war stille, er öffnete die Türe einer Zelle und fand eine schlechte Matte von Binsen, um sich ein Lager zu machen; sein Pferd band er in der Nähe an und fütterte es mit dem geringen Vorrat von Gerste, den er für die kurze Reise mit sich genommen. Bald fand er auch den Brunnen, daß er sich und sein Pferd tränken und seine Kürbisflasche füllen konnte, dann auch Zwiebeln im Garten, um sein mitgenommenes Mahl zu würzen. Schon während des Essens suchte er wieder sein Abendgebet, die Handschrift Konstanzens, auf, durchlas noch einmal Juliens Zorn, endlich fiel sie ihm aus den Händen, und er schlief ein. Es mochte nach Mitternacht sein, als ihn die Hitze und die Bewegung des Pferdes erweckten. Er glaubte schon den Sonnenaufgang verschlafen zu haben, das Zimmer war hell, bald sah er aber eine Flamme in seiner Nähe und bei dem Scheine derselben eine Frau mit weißen Haaren, doch im Antlitze noch jugendlich, der häufige Tränen über die Wangen liefen, während ihre Augen unabwendlich nach einem Papier blickten. Als das erste geisterartige Grauen dieser Erscheinung vorüber, hatte er Ruhe, sie näher zu betrachten, und das Antlitz erfüllte ihn mit Ehrfurcht und Liebe, er glaubt es zu kennen und wagt doch nicht zu hoffen. Endlich richtet er sich auf in seinem Bette, er ruft sie spanisch an, wer sie sei, was sie hieher führe. Die Alte bewegt sich nicht, die Tränen schienen das einzige Lebendige in ihr. Er springt auf, er sieht zu, was sie so rührt, und sieht erstaunt, daß sie Konstanzens Brief betrachtet und ihn zu lesen scheint. Jetzt bemerkte ihn die Alte, blickt auf und begrüßt ihn mit dem Zeichen des Kreuzes und redet ihn an mit deutschen Worten und sagt ihm, daß sie lange auf sein Erwachen warte, ihr gehöre das Bett, ihr gehöre die Zelle, sie allein wage es von allen ehemaligen Bewohnerinnen des heiligen Klosters, nachts dahin zurückzukehren, er solle ihr erklären, wie er zu dieser seltsamen Handschrift komme, zugleich reichte sie ihm eine Schiefertafel und einen Griffel, denn ihr fehlte der glückliche Sinn, das Gehör. – Nur zweimal bedurfte es der Schrift auf der Schiefertafel, da erkannten sie sich, die in den Revolutionsstürmen hieher verschlagene arme Mutter den verlornen Sohn, den die Welle hoch emporgetragen hatte. Geheimnisvoll sind die Wege und das Begegnen der Menschen auf Erden. Das Geheimnis der Handschrift blieb ihnen unerklärlich, und doch segneten sie es, ohne diese Handschrift hätte Klara, die frühgealtete Mutter, die Zelle schnell verlassen, nur die Handschrift ihres totgeglaubten Mannes hatte sie mitten im Schrecken, ihr friedliches Zimmer in einen Stall verwandelt zu sehen, festgehalten. Was sie wußte, erzählte sie dem forschenden Sohne. Aus den Briefen des abwesenden Vaters, des Freiherrn Konstantin, hatte der Sohn seinen ersten Leseunterricht empfangen, die Briefe blieben aus nach einem Auflauf in Straßburg, Konstantin wurde tot geglaubt. Klara beweinte ihn, und da ihre Ehe heimlich geblieben, so hatte sie kein Recht aufzutreten, so ließ sie sich vom Zufall, der ihr den Sohn entriß, sie ins Gefängnis stürzte und wieder daraus befreite, nach Spanien hintreiben, wo ein Kloster ihr die Ruhe zum Lohn für so viele Leiden sicherte, bis auch hier die Mordfackel der Weltstürmer eindrang. Beide, Mutter und Sohn, schwärmten in Freude, und die Aufmerksamkeit der guten Mutter auf die Lippen des Sohnes machte ihr manche seiner leidenschaftlichen Reden hörbar, daß es ihr schien, als ob sie mit dem Sohne den verlornen Sinn wiedergewonnen habe. Sie berichtete ihm alle Ereignisse ihrer frühen Jahre, sie hatte ihre Schuld gebüßt, die Ereignisse im menschlichen Herzen sind zu seltsam, und nicht jedem möchte es frommen, sie alle zu kennen. Dem Sohne übergab sie alle Briefe des Vaters, und er staunte über die Gleichheit beider Handschriften! – Klara sagte, daß sie nur diesen Trost noch vom Himmel erfleht habe, den geliebten Sohn, dies treue Abbild des Vaters, vor ihrem Ende zu sehen, dann wolle sie allem Irdischen, auch dieser Freude an den Briefen einer schmerzlich seligen Zeit entsagen; mit diesen Worten küßte sie noch einmal die zerriebenen Briefe und versteckte sie in der Rocktasche des Sohnes. Der Oberst, nachdem die erste ungestüme Freude vorüber, wurde immer unsicherer, was er beginnen, wie er die geliebte Mutter sichern solle, wie er sie dieser einsamen Wildnis entreißen könne, während ihm selbst alle Wege unkundig, alle Bewohner der Gegend verfeindet wären; er verwünschte, daß er keine Bedeckung mit sich genommen, und doch hätte er wohl nie seine Mutter gefunden, wenn er den Weg in sicherer Begleitung zurückgelegt hätte. Die Mutter wußte wenig mehr von der Welt, nur einen Wunsch äußerte sie, ihren lieben Sohn nicht mehr verlassen zu müssen. In dem Kloster zu bleiben, konnte sie ihm nicht raten, die vertriebnen Bauern des Dorfs lagen in den Felsen versteckt und mordeten alle Fremden, die sich ins Dorf verirrten, für ebenso unsicher hielt sie es, den Sohn fortziehen zu lassen. Die Gebirgswege, durch welche sein Weg ihn führte, waren ebenfalls von den bewaffneten Bauern besetzt; sie riet ihm, spanische Bauerkleider anzuziehen, die sich wahrscheinlich noch in der Wohnung des entflohnen Pförtners fänden. Der Oberst billigte den Vorschlag und fand die Kleider passend, bereitete seiner Mutter den Sattel seines Pferdes durch ein Flechtwerk von Weiden, daß sie bequem von der Seite reiten konnte, ohne in Gefahr zu kommen, bei ihrer Schwächlichkeit herunterzufallen, er selbst wollte unterm Scheine eines gemeinen Bauern das Pferd führen, so hoffte er Sicherheit für die Mutter und für sich zu erreichen. Die Mutter schaffte noch am Morgen einige versteckte Lebensmittel herbei und nahm dann einen stillen Abschied von ihrem verödeten Zufluchtsorte. Die Ursach ihrer Entfernung hatte sie in aller Kürze aufgeschrieben ins Meßbuch der Kirche gelegt, die bis dahin von aller Plünderung verschont geblieben war. Der Oberst begleitete sie nach der Kirche, blickte die heiligen Bilder an und wurde von einem Madonnenbilde an Julien erinnert. Er konnte sich nicht losreißen von dem Bilde und gewohnt, täglich Kirchenbilder nicht geachtet und verehrt, sondern geraubt, als Wachtfeuer verbrannt oder zu einer Bank zerhauen zu sehen, brach er das schöne Bild aus der goldnen Strahlenfassung, packte es so gut ein in einem Leintuche, als ihm irgend möglich, und band es an den Sattel des Pferdes. Das Glück war nicht sein Element, es machte ihn leichtsinnig und hart; seine Mutter hier bewahrt wiederzufinden, hätte ihn zur Verherrlichung, nicht zur Beraubung der Kirche bewegen sollen, aber zu tief war in ihn die Sitte des Volks eingedrungen, dem er diente, er glaubte das Bild erst zum Dasein zu erwecken, indem er es nach dem kunstgebildeten Frankreich brächte, und seine eigne Ergötzung daran ging ihm weit über die Erbauung eines frommen Bauernvölkchens, dessen Sprache ihm freilich nur wenig bekannt war, dessen Ausdauer und Mut seine Achtung hätte erzwingen müssen. Die Mutter bemerkte erst den Raub, als sie schon zu weit von der Kirche entfernt waren, um das Bild zurückzugeben. Sie weinte darüber und sagte voraus, daß ihnen kein Heil daraus hervorgehen könnte, dieses segnende Bild würde seine Blicke zum Verderben von ihm wenden, wenn er in Not zu ihm aufblicke. Der Oberst belächelte in sich die Einfalt der Mutter, suchte sie aber mit Liebkosungen und Scheingründen zu beruhigen, das Bild wäre gewiß von dem nächsten Soldatenhaufen verbrannt worden, er habe den Untergang so vieler Meisterwerke mit ansehen müssen, dieses sei das Abbild seiner Geliebten, das er hätte retten müssen. Die Mutter beruhigte sich, und der glückliche Fortgang ihrer Reise, die sie ohne bedeutende Gefahr über die Pyrenäen in das befreundete Land versetzte, schien seinen Leichtsinn zu bestätigen. Die Mutter wünschte sich aber bald wieder die Gefahr der Reise zurück, denn mit dem Eintritte in dieses Land gehörte ihr der Sohn nicht mehr, er war bestimmt, ein neues Regiment zu bilden, und konnte ihr nur selten Gesellschaft leisten, und mitten in den volkreichen Städten wünschte sie sich die Geselligkeit ihres Klosters zurück. Das Klosterbild erregte die Bewunderung aller Kenner, ein reicher Lieferant bot eine hohe Summe, doch dem Obersten war es wegen der Ähnlichkeit mit Julien für keinen Preis feil. Der Kriegszug, der sich vorbereitete, mußte ihn in ihre Nähe führen, da hoffte er die Enträtselung des Geheimnisses der Handschrift, mehr wagte er nicht zu hoffen; daß Juliens Schmerz über den Tod des Vaters, ihr Zorn gegen die unglückliche Hand, die das allgemeine Geschick gegen ihn geführt hatte, gemildert sei, schien ihm natürlich; daß sie bei ihrer Anmut, ihrem Reichtum, bei so vielem geselligen Reize unverehelicht geblieben, schien ihm so unwahrscheinlich, daß er durch keinen Brief ihre Gesinnung zu prüfen, sondern alles auf den Augenblick des Wiedersehens zu setzen beschloß.

6. Deutsche Frauen

Diese Besorgnisse, Julie sei vermählt, waren leer, der Himmel hatte ihr nur eine Liebe verliehen, diese hatte sie irrend dem Mörder ihres Vaters geschenkt, und seitdem konnte sie nicht ohne ein schmerzliches Lächeln von dieser Leidenschaft hören: so wies sie die Bewerbungen mancher achtenswerten Männer von sich, sie glaubte alle Liebe besiegt und überlebt zu haben. Auch ihre Freundin war noch unvermählt. Konstanze hatte zu viele kleine Härten in ihrem Umgange, die wie Bosheit erschienen, die Männer fürchteten sie wegen ihrer Einfälle und waren in ihrer Gesellschaft sehr auf ihrer Hut, ein Zustand, der dem Verlieben gar nicht günstig sein kann. Ohne große Liebe wurde aber in jener Zeit allgemeiner Not in den höhern Ständen nicht geheiratet, und großes Vermögen ersetzte nicht bei Konstanzen die uneigennützigste Leidenschaft. Sie lebte ganz von der Güte ihres Oheims, von ihm allein konnte sie eine Erbschaft erwarten, und dieser Oheim, so alt er war, zögerte noch immer ein Testament zu machen, und ohne ein Testament fiel alles an seine Verwandten, denen Konstanze nur eine angeheiratete Nichte und sein Bruder, der verschwenderische Forstmeister, ihr Stiefvater war. Mit diesem Oheim lebte sie in einem steten scherzenden, sie aber innerlich erbitternden Kampfe, ihre kleinen Herrschsuchten hatten ihn zum ewigen Widersprechen aller ihrer Meinungen, Ansichten, selbst der Geschichten, die sie selbst erlebt zu haben glaubte, allmählich umgeschaffen. Die Gewohnheit, sie als sein Kind anzusehen, machte sie ihm so wert, daß jede Kränklichkeit von ihr ihn erschreckte, daß er ohne sie nicht zu leben meinte, doch war sie ihm eigentlich unleidlich, und nur Juliens Gegenwart, die er gar nicht entbehren konnte, vermochte ihn immer in den Schranken eines etwas tückischen, doch immer wohlbegrenzten Witzes zurückzuhalten. Er vor allen hätte Julien gern Heiratsanträge, ungeachtet der Verschiedenheit ihres Alters, gemacht, aber er war zu klug, um nicht das Vergebliche dieses Schritts einzusehen. Eine stete Aufmerksamkeit auf jeden ihrer Wünsche war das einzige Zeichen dieser Leidenschaft, so kam's, daß jeder, der auf dem Gute etwa Begünstigung von ihm begehrte, sich an sie wandte, und daß Konstanze nicht bloß für ihren Umgang, sondern auch für ihren Einfluß auf den Oheim ihrer notwendig bedurfte. – Konstanze bedurfte aber bald dieser Unterstützung des Oheims zu ihren Lieblingsplänen. Nach vieler Ungeduld trat endlich in dem festen, unabänderlichen Fortschritte der Zeit jene merkwürdige Aufregung aller deutschen Völkerschaften nach dem Untergange des französischen Heeres in Rußland ein. Heftige Vaterlandsfreunde gestanden, daß die Zeit noch nicht versäumt sei, und daß der Übermut des Feindes ihm mehr geschadet habe, als ihr eigener Mut vermocht hätte, die bedenklichsten Vermittler zwischen Recht und Unrecht ließen sich doch hinreißen, jetzt oder nie ein Gelingen vorauszusagen; es war eine Zeit, wo die Propheten des eignen Unglücks mit Freuden eingestanden, daß sie sich geirrt hätten. Konstanze, die, von keiner Zärtlichkeit zerstreut, schon lange mit ganzer Seele und ganzem Munde der allgemeinen Angelegenheit ergeben gewesen, fand sich nun erst in ihr Lebenselement gesetzt, sie fand ihre Tätigkeit von allen Seiten angespannt und wurde bald der Mittelpunkt aller Bemühungen in der Gegend, für den ausbrechenden Krieg im voraus zu sorgen. Der Oheim, obgleich von größerer Milde gegen die besiegten Sieger regiert, versagte ihr selten, was sie zu diesem Behuf von ihm begehrte, wenn er gleich seinen Spott nicht unterdrücken konnte, wo sie etwas Vergebliches oder etwas Verkehrtes durchsetzte. Wie die Freiwilligen zu den Heeren eilten und ein frischer Geist alles lüftete, da zog er sich einst mit Julien in einen abgelegenen Teil seines Hauses zurück und sagte ihr, er werde von den Reden der Leute an eine Zeit gemahnt, die unter tausend lockenden Versprechungen ihn um alle Seligkeiten seiner Jugend betrogen hätte. Julie ahndete gleich, daß er von der französischen Revolution spreche, die er nie nannte, und suchte ihm den Unterschied zwischen beiden Erscheinungen mit ihrem Gefühle deutlich zu machen. „Es mag sein," fuhr er fort, „daß mich der Sturm nach einer Seite übergebeugt hat, und daß ich mich nie ganz wieder aufrichten kann, um über die zweifelhaften Regungen der Menschen hinaus nach ihrem sichern Ziel zu sehen; hier habe ich niedergelegt in diesem Schranke, was ich gelitten, als die Welt von Freiheit und Mut, von edler Aufopferung und Vaterland sang, während die härteste Sklaverei jede Freiheit unterdrückte und eigennützige Grausamkeit alle menschlichen Freuden und Gefühle verspottete. Ihnen gebe ich den Schlüssel dieses Archivs meiner Seele, es kann über uns eine Verwirrung einbrechen, die mich hinwegrafft, ehe ich für die Erhaltung dieses Nachlasses Sorge getragen, er soll Ihr Eigentum, mein Vermächtnis für Sie sein." Julie bewahrte seinem Wunsch gemäß den Schlüssel, aber sie ließ es sich angelegen sein, die Besorgnisse des alten Herrn zu zerstreuen. Sie sah den Feind schon über den Rhein gedrängt; wie aber die Weltgeschicke immer neu und immer alt sind, wie das Alte immer wieder in neuer Art erscheint, so wurde auch diesmal die Erwartung eines schnellen Erfolgs getäuscht. Der Anfang des Krieges war unglücklich, nach wiederholten zerstörenden Durchzügen besetzten die Feinde auch das Landgut des alten Herrn mit der übrigen Gegend und zehrten dieselbe während des Waffenstillstands schonungslos aus. Ein fremder Offizier herrschte unumschränkt im Schlosse, der Oheim war froh, in dem Hinterzimmer seines Hauses, wohin er Julien damals geführt, einige Ruhe zu finden, hier lernte er zuerst die Franzosen hassen. Konstanze mit ihrem innern Zorne bewaffnet bot allen Feinden die Stirn, wenn es nötig war, und erhielt, soviel sich unter solchen Umständen erhalten ließ. Julie bewunderte sie in ihrer Ausdauer, Tätigkeit, Festigkeit und unterwarf sich immer mehr ihrem Willen, sie wußte mit ihrer Anmut auszugleichen, wo Konstanze zu hart verletzte. Ihr ehemaliger Verlobter schien unter den Offizieren, die sie sah, wenig bekannt, sie fragte zwar nicht nach ihm, aber sie vermutete doch, sie müßten einmal von ihm reden, wenn sie ihn kennten. Hans, der sich durch seine Dienstbeflissenheit und Geschicklichkeit dem Oheim empfohlen und bisher immer ungestört in dessen Diensten erhalten hatte, brachte endlich heraus, daß sein Rittmeister Oberst geworden und in Spanien beim Generalstabe gewesen sei. Er berichtete es den beiden Fräuleins, und Konstanze beobachtete Julien sehr ernst, welche Wirkung diese Nachricht auf sie mache. Julie stellte sich gleichgültig, um den innern Aufruhr zu verbergen, den diese erste Nachricht von ihm erregt hatte. Konstanze fragte sie forschend, ob sie noch dieselbe Gesinnung hege wie damals, als sie seinen Brief nicht lesen wollte. Julie war schwach genug, ihr das zu versichern, obgleich im Pochen ihres Herzens seine Verzeihung längst ausgesprochen war. „Wenn er nun käme," sagte Konstanze, „wenn er dir wieder so gegenüberstände wie damals neben dem General?" – „Wie würde ich den Feind meines Vaterlands eines Blicks würdigen!" rief Julie mit einem Stolze, den sie wirklich zu haben und durchzusetzen meinte. Mit dem Waffenstillstande endete das Glück dieser Feinde, sie rafften bei ihrem Abzuge alles zusammen, was sie brauchen konnten, und nur Konstanzens Mut erhielt den befreundeten Siegern eine Nachlese an Lebensmitteln. Die Freunde wurden mit Eichenkränzen und Lobliedern reichlicher bewirtet als mit Brot, sie mußten aus dieser hungernden Gegend, in der selbst die Hoffnungen der Ernte zerstört waren, weiter forteilen. Auch der Oheim mit den beiden Fräuleins wäre gern fortgezogen in unversehrte Gegenden, aber es fehlte an Pferden, so kam es, daß sie allen Unbequemlichkeiten trotzend ausharrten und selbst manchen Flüchtigen aus verbrannten Dörfern Zuflucht und Unterhalt gewähren konnten. So vermehrte sich ihr Kreis durch zwei Frauen von Offizieren, die durch die eingehenden Briefe alle Wohltaten, die sie empfingen, im Gefühle der Fräuleins reichlich vergalten. Nichts auf der Welt galt seitdem in dem Kreise, als Kriegswesen und Krieger, alle andre Beschäftigungen schienen nur diesen letzten Zweck zu haben: der Landmann sollte sie nähren, der Dichter sie besingen, der Geistliche sie zum Tode vorbereiten, und die alte Urzeit, vor der den Menschen in Büchern graut, trat in solchen Stunden völlig in ihr Dasein, bis ein neuer Schal, von einer russischen Offiziersfrau getragen, die Gedanken wieder ins Geleise brachte. Die Frauen mochten nun kriegerisch oder unkriegerisch gestimmt sein, ihre Sorge für die Krieger, die nachzogen, für die Verwundeten, die zurückkamen, wurde planmäßiger, dauerte tätig aus, und die Wohltätigkeit findet immer etwas in der Vorratskammer. Als aber auch eine große Zahl von Gefangenen Ansprüche an ihr Mitleid machten, da wurde lange untersucht, ob sie dieser Milde wert wären. Konstanze wollte ihnen jede Unterstützung verweigern, sie sollten die Not fühlen, die sie über unzählige, friedliche Erdenbürger gebracht. Julie setzte es in der Versammlung durch, daß die gemeinen Soldaten einen Beistand an Lebensmitteln erhalten sollten, denn diese wüßten nicht, was sie täten, und wären gezwungen für eine Sache zu fechten, die sie selten dem Namen nach kennten. Die Offiziere hingegen, das mußte sie Konstanzen nachgeben, sollten sich mit dem begnügen lassen, was die Behörden ihnen geben könnten, sie wären mit Lust und Bewußtsein die Werkzeuge der Unterdrückung geworden. So war der Beschluß der Frauen und wurde von ihnen mit unerbittlicher Strenge gegen die zahlreichen Scharen der Gefangenen, die am nächsten Tage durchgeführt wurden, ausgeführt. Die arme Julie! Trugen sie nicht dieselbe Uniform wie ihr Stauffen, die sie unbarmherzig von den Vorräten, die zu ihrer Qual aufgehäuft standen, zurückweisen mußte? Aber die Gewohnheit und die Macht der unter ihnen geltenden Ansichten härteten bald ihr weiches Herz. Gewiß kostet der erste Schlag auch dem rohesten Soldaten einige Überwindung, den er dem wehrlosen Gefangenen gibt, der in seiner Not umherbettelt und die Reihen verläßt, nach diesem ersten Schlage wird es aber zum Zeichen und zur Sprache, und er fühlt nur die Bewegung seines Arms, wenn er zuschlägt.

7. Das Wiedersehen

Der Oberst war nicht so früh, als er erwartete, zum Heere in Deutschland abgeschickt worden, die Willkür, die über einen Soldaten schaltet, hatte ihn in mancherlei Aufträgen herumgetrieben, und es kränkte ihn tief, die neuen Lorbeeren nicht miterrungen zu haben. Endlich wurde sein Wunsch erfüllt, er wurde zum Generalstabe des Heeres in Deutschland berufen, erreichte in vierundzwanzig Stunden den Rhein und ließ sich sogleich, obgleich die Sonne schon im Sinken, mit Pferden und Gepäck ans deutsche Ufer übersetzen. Die Größe und Herrlichkeit der Welt in ihren vier Elementen, als Luft, Feuer, Wasser, Erde, lag vor ihm ausgebreitet, und die verschiednen Elemente in ihm, wie er hätte werden sollen, und was aus ihm geworden, sonderte sich einmal wieder voneinander und füllte ihn mit Ernst und Wehmut. Dann war ihm, als ob dies das letzte Übel sei, das er stifte, das letzte Mal, daß er den reinen Strom durchschneide. Er wußte sich keinen Grund davon anzugeben, auch war ihm dies Gefühl weder wehmütig noch erfreulich, sondern gleichgültig, als ob es einen Dritten angehe, den er kaum kenne. Seine Blicke waren bei dieser Geistesabwesenheit auf einen Nachen gerichtet, der mit vollen Segeln herbeieilte, seinen Lauf zu durchschneiden, aber nahe dem Ufer wendete sich der Nachen, und beide Fahrzeuge liefen zugleich ans grüne Ufer. Das Schiff hatte nun einmal eine Beziehung für ihn gewonnen, er fragte, wer in dem Schiffe liege? Die Schiffer antworteten in derber Sprache, es sei ein verlornes Mädchen, das den Franzosen nachgezogen und nun zurückgeschickt werde, von Ort zu Ort, zu Schiffe und mit Fuhre bis in ihr Vaterland. Der Oberst nahm einige Goldstücke, ohne sie anzusehen, aus der Tasche und drückte sie der Unglücklichen in die Hand. Diese aber wollte seine Hand nicht lassen, so widerlich ihm dieser Dank war, sie küßte ihm mit Tränen die Hand, nannte ihn bei Namen – es war Charlotte. Das ist mein erstes Unglückszeichen, dachte der Oberst, während er ihr tröstend zusprach. Aber das Mädchen nahm keinen Trost an, sie sei verloren, sagte sie, in Zeit und Ewigkeit, und habe alles Unglück durch ihren Undank gegen Julien wohlverdient. Umsonst erkundigte er sich nach Neuigkeiten von Julien bei ihr, sie war mit ihm zugleich ausgezogen und kam zurück als eine wandernde Leiche. Der Oberst gab ihr noch reichlich vor dem Abschiede, aber das alles konnte sie nicht trösten, sie verglich sich krampfhaft lächelnd mit der Jungfrau von Orleans, die sie einst gespielt, wies auf die Lumpen, die sie zugedeckt, und gab es für die Fahnen aus, die sie gewonnen, und schloß parodierend mit den Worten: „Kurz war die Lust und ewig sind die Leiden." – Der Oberst schwang sich auf sein Pferd und ritt weiter, da begegnete ihm etwa eine Meile von dem Landungsplatze eben der Kurier, der ihm einst Konstanzens Brief einhändigte. Der Kurier tobte, fluchte, seine Depeschen wären im Schlafe aus seinem Wagen gefallen, er sei verloren, und die Armee sei auch verloren. Dies war sein zweites Unglückszeichen, und er harrte ungeduldig auf das dritte, aber es zeigte sich ihm noch nicht. Beim Heere fand er die gewohnte Zerstreuung in der anstrengendsten Tätigkeit, der Wunsch, den alten Waffenruhm des Heeres nicht sinken zu lassen, bewegte ihn leidenschaftlich, er wollte nicht daran glauben, daß die Gegner Einheit und Zusammenhang sich erkämpft hätten. Mit Eifer suchte er die Gefangnen auf und ärgerte sich an ihren stolzen Hoffnungen. Einstmals fragte er einen Freiwilligen, der ihm besonders trotzig geantwortet, wer ihn gekleidet und bewaffnet habe, und dieser nannte mit Ehrfurcht Julien als seine Wohltäterin. Von ihrer eignen Handschrift zeigte er ein Lied vor, als der Oberst zweifeln wollte; es enthielt feurige Anklänge aus der Zeit und aus Schiller, den wir wohl als einen Wahrsager achten lernen sollten, statt ihm nachzulallen mit nachbildender Fertigkeit. Dieses Lied schien ihm sein letztes drittes

Unglückszeichen, und er bereitete sich mit Ernst zum Untergange, der ihm unvermeidlich schien, schrieb einen zärtlichen Brief an seine Mutter, in dem ein Abschied auf ewig, wenngleich von Duft und Blumen gedeckt, mit dem reinen Demantglanz kindlicher Liebe durchschimmerte. Einige Tage darauf war er mit wenig Reiterei eingeschlossen, Grimm und Zorn schäumten auf seinen Lippen; er ritt seine Linie herunter und rief mit hocherhobnem Säbel: „Heute kein Quartier (Pardon), morgen haben wir keins mehr nötig!" – Sein Beispiel wirkte, er hielt sich noch tapfer mit den Letzten, sein linker Arm war schon zerhauen, da wurde auch sein rechter durch einen Hieb unbrauchbar, und er mit allem Mute so wehrlos wie ein Kind. So war er gefangen, seine Arme von einem Kameraden, ohne seinen Willen, notdürftig verbunden, aber noch gänzlich unbrauchbar, als er mit einer großen, bunten Masse von Gefangnen in eine Kirche gesperrt wurde, wo für das notdürftigste Essen gesorgt war. Die Hungernden fielen mit Wut auf die Vorräte, er hatte keinen Arm, der ihm diente, seine Würde war vergessen, die Not hatte alle gleich gemacht. Ein Trunk Wasser fristete sein Leben, er beklagte sich nicht. Der Zug ging weiter, immer ärmer wurde das Land, das die Gefangnen durchschritten, und wo er forderte, da hieß es, die Seinen hätten den Bewohnern nichts gelassen als Krankheit, die der Lebensmittel entbehren lehre. Es war mittags am dritten Tage nach seiner Gefangennehmung, als eine Staubwolke die Ankunft der Gefangenen den Frauen im Landschlosse des Oheims verkündigte. Ihre Gaben waren bereit, sie traten vor die Türe, und Konstanze sah mit innigem Behagen die Landsturmmänner mit ihren Kitteln und roh geschnittenen Spießen neben den prächtig geschnittenen, farbigen, betreßten, betroddelten Uniformröcken einhergehen. Voran zogen die wilden, rüstigen Gestalten, die der Gefangenschaft wenig achteten, wenn sie nur unterhalten wurden, sie waren um nichts in Verlegenheit, als wo sie ihre Hände lassen sollten, da sie keine Waffen trugen, und griffen deswegen grimmig zu. Dann kam listig kleines Volk, das bald hier, bald dort seinen Vorteil absuchen wollte, viel Voltigeurs und Italiener, die sich mit Blick und Gebärden teils beliebt zu machen suchten, teils Mitleid erwecken wollten. Dünn gesät folgten dann die armen Leidenden mit Wunden oder mit durchgelaufenen Füßen, sie wurden zuweilen hart zum Gehen angefeuert, aber es half bei manchen nicht mehr. Den Schluß machten die Offiziere, unter denen manche beim Anblick hübscher Frauen sich noch zusammennahmen, mit einem leichten Sprunge, mit guter Haltung sich zu empfehlen. Der Oberst führte sie, so schwach er war, ein junger Leutnant unterstützte ihn. Er glaubte hier mit Zuversicht eine Stärkung, eine Stillung seines Hungers zu finden und wollte eben zu dem Tische treten, wo Konstanze, die beiden Offizierfrauen und Julie ausgeteilt hatten, was sie in der verödeten Gegend zum Lebensunterhalt zusammenschaffen konnten, als eine Schar gesünderer Offiziere sich ihm vordrängte. Aber Konstanze und Julie beteuerten, ihre Gaben seien nur den gemeinen Soldaten bestimmt, die Offiziere müßten für sich sorgen, es würden noch mehr Gefangne erwartet. Kaum hatte Julie dies einem Zudringlichen gesagt, als sie die bleiche Gestalt des geliebten Obersten erblickte, und ohne eigentlich zu glauben, dies sei der Rittmeister, rührte diese Ähnlichkeit dennoch ihr Herz, sie wollte ihm ein Brot reichen, da bemerkten es die beiden Offizierfrauen und stießen Konstanze an, Konstanze blickte Julien strafend an, was aber der Oberst wohl nicht bemerken konnte. Er erkannte Julien und sah, daß sie mit Erröten ihn anblickte, sich wegwandte und das Brot zurücklegte. Die Härte empörte sein liebendes Herz, er wollte sprechen, da sah er die goldne Kette um Juliens Hals und verstummte. Er wandte seinen Blick jetzt von Julien, schritt mit Heftigkeit fort und sprach laut mit sich, daß seine Kameraden meinten, er schwärme fieberhaft, denn er verfluchte den Urheber seines Lebens, den Urquell alles Lebens; dann sprach er von einem weißen Haupte, das ihm erscheine, und verfluchte sich, weil er mit seiner Härte die sanfteste Seele gehärtet habe. Etwa hundert Schritte von dem Schlosse klagte er heftig, daß das heilige Bild seine Augen von ihm gewendet habe, und sank nieder. Seine Begleiter befühlten seinen Puls, zuckten mit den Achseln und gingen weiter. Julie stand inzwischen wie erstarrt auf der Anhöhe am Tische, es war ihr der Gedanke aufgestiegen, er selbst könne es wohl gewesen sein, dem sie das Brot versagt, da vernichtete sie sein blasses, hilfloses Ansehen. Sie wäre mit dem Brote nachgeeilt, aber die Scham vor Konstanzen hemmte jede Bewegung, nie in ihrem Leben hatte sie sich in so erdrückendem Widerstreite des Gefühls befunden, und sie dachte jener Stunde, als der Rittmeister vor dem Fenster neben dem General stand. Konstanzen blieb nicht verborgen, was in Julien vorging, sie suchte durch erzwungnen Scherz die Unglückliche zu zerstreuen. Der Staub, welchen der Zug erregt, hatte sich allmählich gelegt, und Julie wagte es jetzt, die Straße herabzublicken, und bemerkte einen Menschen mitten auf derselben liegen. Konstanze rief den Hans hinzusehen, was dem Menschen fehlen könne, und wenn er krank, ihn in das kleine Lazarett zu führen. Julie wollte mitgehen, aber Konstanze gab es nicht zu, weil die Fieber so bösartig würden, daß jede Näherung gefährlich, vielmehr führte sie Julien in den Garten, um sich von dem garstigen Anblick der verhaßten Feinde, wie sie sich ausdrückte, zu erholen. Aber wo verbirgt sich der Mensch vor seinem Geschick, vor dem ewigen Strafgericht? Nur einige ruhige Nachmittagsstunden waren noch zu gewinnen. Bald stand ein blutig wolkenbeschwertes Abendrot am Himmel, und da der Oheim noch nicht heimgekehrt, so beschlossen die Mädchen, die seine Spaziergänge genau kannten, ihm entgegen zu gehen. Sie gingen die Landstraße nieder, doch geblendet von der Röte konnten sie nicht unterscheiden, was es sei, daß so viele Leute auf derselben versammelt. Bald erkannte Konstanze den Oheim und Hans bei einer Leiche beschäftigt. „Gewiß ist der Mensch nicht zu retten gewesen," sagte Konstanze, und Julien fiel es schwer aufs Herz, der Unglückliche könne wohl ihr Stauffen gewesen sein. Hans winkte ihnen, fern zu bleiben, der Oheim schien heftig bewegt, er rieb und küßte abwechselnd den Toten. Julie konnte sich nicht halten, sie lief zu den Versammelten, und *er* war unter ihnen und war doch nicht mit ihnen. „Es ist mein Sohn," rief der Oheim, „seine Mutter lebt, ich lebe, und der mußte sterben, der unsres Lebens einziges Glück war." Julie hörte nicht mehr, sie war besinnungslos in die Arme Konstanzens gesunken. Konstanze erfuhr jetzt, daß Hans seinen gewesenen Herrn gleich erkannte, daß er ihn durch Öffnen des Rocks zu erleichtern suchte und einen Arzt rief, daß aber inzwischen der Oheim herbeigekommen und durch einige aus dem Rocke herabgefallene Briefe verwundert aus der eignen Handschrift, aus den Erzählungen seiner Klara, selbst aus der Ähnlichkeit mit sich selbst in früheren Jahren, den Sohn ihrer heimlichen

Liebe erkannte. So löste sich zu spät das Geheimnis der Handschriften, mehrere Monate später kamen erst die Briefe an, die Stauffen zu dessen Enträtselung zutraulich der Post übergeben hatte; die, von den grausamen Befehlen des Alleszerreißenden mehrere Jahre zurückgehalten, das Geschick eines Hauses, das zu einem ruhigen Dasein reifen konnte, nicht mehr zu retten vermochten. Der alte Herr starb, Julien übergab er sein Vermögen, es der geliebten Klara als einen geringen Ersatz für alle Not, in die er sie verwickelt, zu überbringen. Dies letzte Geschäft wollte Julie noch vollbringen und sich dann von aller Welt zurückziehen. Sie fand Klara, die ihres Sohnes Tod schon lange beweinte, solange er von ihr Abschied genommen, ob sie gleich keine sichre Nachricht von ihm hatte, beschäftigt, das Bild der heiligen Mutter, das ihr Sohn geraubt hatte, einzupacken. Sie wollte es nach Spanien zurücksenden, weil es ihr keine Ruhe ließ, wie sie sagte. Als sie alles vernommen, alles beweint und alles im Gebete ihrem Vertrauten dargelegt hatte, beschloß sie mit Julien, die nichts verlangte als Einsamkeit, in das stille Kloster des Gebirges heimzukehren. Spanien beruhigte sich jetzt nach seiner Befreiung, das ererbte Vermögen des lang betrauerten Geliebten, meinte sie, würde hinlänglich sein, das Kloster aus seinen Trümmern herzustellen. – Mit welcher Liebe wurde das Bild der heiligen Mutter, mit welcher Zärtlichkeit Klara, mit wieviel rührendem Mitleid Julie von dem Kloster begrüßt; nichts war von der Kirche übrig; so wunderbar war das heilige Bild erhalten, daß eine neue, unentweihte Kirche wie ein Vorhimmel sich darüber wölbe allen Glücklichen zur Erhebung, allen Unglücklichen eine beruhigende Grabesdecke, von dem Lichte einer andern Welt durchstrahlt.

Die Einquartierung im Pfarrhause

Eine Erzählung aus den Freiheitskriegen

Der Stab des .. Regiments war in dem Pfarrhofe zu M... als Einquartierung angesagt; drei Kompagnien, die Wagen und Reitpferde sollten im Dorfe verteilt werden. Die Quartiermacher, welche deutsch redeten, waren sogleich auf frischen Pferden weiter geritten, um auch für die andern Kompagnien des Regiments in dieser Art zu sorgen; denn die Hauptsorge, wie diese Menschenzahl zu verteilen, woher Lebensmittel und Pferdefutter nach so vielen Durchmärschen herbeizuschaffen, überließen sie den Einwohnern. Da gab's ein Beraten im Schulzengerichte und beim Pfarrer, ein Abdingen, wieviel jeder einnehmen sollte. Der aber am härtesten belastet war und in seinem kleinen Hause für dreizehn Offiziere Unterkommen schaffen sollte, war der Pfarrer, und doch sagte er kein verdrießliches Wort, sondern verließ sich auf die tätige Wirtschaftlichkeit seiner jungen Frau, die ihn schon manchmal aus ähnlicher Verlegenheit gezogen hatte. Als aber ein kleines Mädchen außer Atem mit einem Gruße von der kranken Mutter seiner Frau ankam, sie wünsche das heilige Abendmahl zu empfangen, weil sie sich sehr schlecht befinde, da sank ihm einen Augenblick der Mut, die Frau weinte und warf sich in einen Stuhl und klagte, daß die schönsten Wochen ihres Lebens, ihr Eintritt in den Ehestand durch so viel Sorge und Leiden verkümmert wären. Aber diese Erinnerung gab dem Prediger wieder Kraft, er dachte sich, wieviel trauriger er oft gewesen, als er noch einsam in diesen Mauern gehaust, er sprach der Frau Mut ein und trug selbst aus Wohlwollen die heiligen Geräte nach dem nahen Vorwerke, um den Küster nicht von der Sorge für sein Haus abzuhalten. Trommelschlag verkündete die Annäherung des Regiments, die Fahnenwache marschierte feierlich in den Pfarrhof, der Oberst des Regiments, ein ansehnlicher Herr, noch scheinbar jugendlich, doch fast haarlos auf seinem Haupte, stieg aus einer Kibitka aus und fragte in deutscher Sprache nach dem Hausherrn. Die Frau Predigerin trat in Verlegenheit mit niedergeschlagenen Augen ihm entgegen und versicherte ihm, es sei für alles gesorgt, ungeachtet ihr Mann abwesend sei in Amtsgeschäften.

Der Oberst fragte in sichtbarem Verwundern, ob er das Vergnügen habe, mit der Frau Predigerin zu sprechen? Sie bejahte die Frage mit einem Lächeln, als ob sie ihr schon öfter gemacht worden wäre, und führte den Obersten in sein Zimmer, indem sie ihm versicherte, wie leicht es ihr jetzt ums Herz sei, da sie wenigstens mit ihm sprechen, und was er begehre und wie alles einzurichten, von ihm erfahren könne. Des Obersten Antlitz war schon ein wohlwollendes Himmelszeichen, mehr noch seine wohltönende, gewandte Sprache und seine ruhige Aufmerksamkeit, die jede Klage hörte und bis zum letzten Grunde zu heben suchte, am meisten wirkte sein Trost, daß das Regiment schon in der Abendkühlung weiter marschiere. Alles machte sich leicht mit ihm ab, und nicht ohne Grund suchten seine Offiziere die klageführenden Einwohner von ihm abzuhalten, denn gegen seine Soldaten war er strenge, während er rastlos für sie sorgte. Aber die Frau Predigerin hatte ihr Zutrauen zu ihm gefaßt, sie nahm den Schulzen und andre bei der Hand und führte sie zu ihm, der Oberst dankte ihrer Bemühung, schlichtete die Händel, die öfter aus Ungeduld und Mißverständnis, denn aus bösem Willen angefangen waren. Sie blieb gern auf seinem Zimmer, weil sie da geschützt war gegen alle gewagten Zudringlichkeiten der anderen Offiziere; er behandelte sie wie ein guter Vater ein gutes Kind. Endlich kam der Prediger, die Frau ihm entgegen mit der Frage, ob ihre Mutter noch lebe? Der Prediger bejahte das, hoffte auch noch ein paar Tage, schien nachdenkend oder zerstreut, ließ sich dem Obersten vorstellen und entschuldigte seine Frau mit der Eile, wenn er nicht alles zu seiner Zufriedenheit gefunden habe. Der Oberst rühmte alle Einrichtungen, erkundigte sich, wo der Prediger studiert habe, und freute sich J... nennen zu hören, weil er früher als der Prediger auch dort studierte und über allerlei Männer, Häuser und Gegenden, die er gern besucht, Auskunft von ihm erhalten konnte. Dann kamen beide auf Studentengeschichten. Der Oberst gestand, daß er wegen eines Aufstandes festgesetzt und als Führer ohne Gnade relegiert worden sei, worüber er mit seinen Eltern zerfallen und aus Notwendigkeit, um für seinen Lebensunterhalt zu sorgen, das Kriegshandwerk ergriffen habe. Der Tisch war gedeckt, die Offiziere versammelten sich, der Pope betete, der Prediger mußte neben dem

Obersten sitzen, wurde von diesem mit gutem Wein, der lange nicht in dies Pfarrhaus gekommen, bewirtet, und beide wurden endlich so vertraulich, als ob sie miteinander gleiche Jugend in J. verlebt hätten. – „Alles gefällt mir bei Ihnen ganz und ohne Einschränkung," sagte der Oberst nach Tische, als er mit dem Pfarrer allein im Garten Kaffee trank, „eins nur verwundert mich und setzt mich in Verlegenheit, Ihre schöne junge Frau, die so gesittet und gescheut spricht und sich beträgt, hat mich beim Eintritte ins Haus durch ihre Kleidung zu dem Irrtume verleitet, als ob sie die Magd des Hauses wäre, auch beim Mittagessen wollte sie keinen Platz annehmen, sondern zog es vor, uns zu bedienen, was mir bei jedem Teller eine Verbeugung kostete. Ist dies vielleicht Grundsatz bei Ihnen, soll dadurch vielleicht die Frau dem Umgange der Dorfbewohner näher gebracht, vor Überdruß und Langeweile bewahrt werden?" – „Keinesweges", antwortete der Prediger, „mein Wille ist dies nicht, vielmehr glaube ich, daß die Frau des evangelischen Predigers, den kein falsches Geheimnis heiligt, auch im Äußern vor den Frauen des Dorfs sich auszeichnen muß, sie lieber zu sich hinaufziehen als sich ihnen gleichstellen darf. So folgsam sie in allem übrigen ist, so unerschütterlich ist sie in diesen Gewohnheiten und Grundsätzen, die ihr von der Mutter eingeprägt sind." „Seltene Grundsätze in unsrer Zeit," sprach der Oberst, „in welcher jeder nur *über* sich, nicht *unter* sich zu sehen gewohnt ist, die Geschichte der Mutter mag etwas Ausgezeichnetes in sich tragen." – „Freilich", sagte der Prediger, „ich habe sie erst heute, wo sie sich dem Tode nahe glaubte, ganz vernommen, gern teilte ich sie Ihnen mit, denn sie machte kein Geheimnis davon, nur war es ihr immer traurig davon zu sprechen, und auch mich betrübt die Ansicht eines verkümmerten Lebens. Lieber erzähle ich Ihnen, wie seltsam meine Frau an mich und ich zu meiner Frau gekommen, das ist heitrer anzuhören." – „Hat das so viele Umwege gemacht?" fragte der Oberst, „gegenwärtig, wo keine strengen Väter, keine tückischen Vormünder, keine Menschenräuber mehr ihr Wesen treiben, geht es sonst wie auf der Chaussee." – „Es gibt doch noch höhere Geschicke," fuhr der Prediger fort, „die alles für uns tun, wenn wir am wenigsten es ahnen. Ich habe in dem ersten Jahre meines Amts meine Frau, als Tochter einer armen Witwe auf dem nahen Vorwerke, unterrichtet und eingesegnet. Ihr Anblick war mir etwas wert, ein andres Zeichen von Liebe habe ich nicht in mir wahrgenommen, und ich möchte den Dichtern ins Angesicht behaupten, die Liebe sei nie oder selten so schnell und überraschend, wie sie aus Bequemlichkeit sie gern darstellen. Ich kannte die Gemeinde nur noch wenig und verlor daher die Bewohner des Vorwerks leichter aus meinem Gedächtnis. Das Mädchen war mir wieder ganz neu, erschien mir aber viel schöner, als sie zum Erntefeste unter der Zahl von sechs Mädchen erschien, die jährlich von unserer Gräfin reichlich ausgestattet werden. Es war ein schöner Tag und ein sehr freudiges Fest! Der Erntekranz war mit heiligem Liede der Gräfin überbracht, die Verlobten sollten sich paarweis vor den Altar stellen, um alle bei einer Rede getraut zu werden, da bemerkte sie, daß der Dorothee – – „Dorothee", sprach der Oberst nach, „so heißt Ihre Frau?" – „Ja, so heißt sie und ist mir eine Gabe Gottes," fuhr der Prediger fort, „dort aber stand sie allein, ohne Bräutigam, doch ruhig, unverlegen, bis die Gräfin sie fragte, wo ihr Schatz bliebe?" – „Meine Mutter hat mir gesagt," antwortete Dorothee, „ich würde alles reichlich von Ihro Gnaden bekommen, sie hätte mit Ihnen gesprochen." – „Liebes Kind," sagte die Gräfin verlegen, „ich habe dir manches zu schenken, aber ein Mann läßt sich nicht verschenken." – „Ich verlasse mich auf Ew. Gnaden," antwortete Dorothee, „und bin mit allem zufrieden." – Mit Mühe beschwichtigte ich den Mutwillen, den dieser Auftritt bei der Jugend erweckt hatte; die Gräfin nahm das Mädchen an ihre Hand, um ihre Beschämung zu mindern, und schenkte ihr einige hübsche Tücher. Nachdem die Unruhe vorüber, hielt ich meine Rede, doch gestehe ich, nicht ohne Sehnsucht, daß ich an der Seite der verlassenen Dorothee hätte stehen mögen. Am andern Tage kam die Mutter zu mir, entschuldigte sich, daß sie ihr Mädchen so in den April geschickt habe, doch da sie fremd in dieser Gegend sei, wäre sie wohl zu entschuldigen, daß sie diese Verheiratungen nicht gewußt, sondern das Ganze für ein Rosenfest gehalten habe, wie es in ihrer Gegend gebräuchlich, an welchem die sittsamsten Mädchen öffentlich beschenkt würden. Es hätte aber nun einmal so sein müssen; es habe jetzt eines reichen Bauers Sohn, der die Tochter gestern gesehen, um sie angehalten, sie habe eingewilligt, und die Hochzeit solle sich bald feiern. Ich fragte, ob denn die Tochter mit dieser Heirat zufrieden sei? Sie antwortete, daß ihre Tochter durch Ungehorsam sie nie bekümmerte, auch sei es hübschen jungen Mädchen nützlich, wenn sie früh heirateten. – Sie wurden aufgeboten, der Tag der Hochzeit kam auch herbei, ich stand am Altare, die kleine Orgel tönte, Dorothee wurde reizender als je von den Mädchen zum Altare geführt. Mein Herz bebte, das Lied ging zu Ende, aber der Bräutigam kam nicht, die Mädchen wurden ungeduldig, ich fürchtete, nein, ich hoffte ein neues Hindernis. Ein Bote erschien, der Handel klärte sich auf. Des Bräutigams Vater, der eigentliche Besitzer des Hofes, ein rüstiger, wunderlicher Alter, hatte gleiche Gefühle mit seinem Sohne am Tage des Erntefestes geteilt, aber erst in dieser entscheidenden Stunde war es in ihm Entschluß geworden, der Heirat seines Sohnes zu widersprechen und ihm den Hof nicht übergeben zu wollen, wenn er ihm nicht die Braut überlasse. Die arme Dorothee wurde bleich bei der Nachricht, alle beweinten sie aufrichtig; ich suchte ihr Mut einzusprechen. Die Mutter war inzwischen zur Vermittelung in das Haus des Bräutigams gegangen, sie hatte dort behauptet, wer ihre Tochter lieb hätte, der müsse sie dem andern überlassen; der Sohn entschloß sich, sie dem Vater abzutreten, und dieser ging nun mit den Hochzeitgästen zur Kirche. Er kam aber zu spät! Denn wie der Augenblick das Leben und den Tod gibt, so schließt er auch Ehen. Ich hatte – der Himmel weiß, in lauter Liebe und Wohlwollen – das arme Mädchen zu trösten, mich in der Kirche entschlossen, um ihre Hand sie anzusprechen; ich wollte ihr zeigen, daß sie nicht verlassen, nicht beschimpft sei, weil sie zweimal ohne Bräutigam vor dem Altar gestanden habe. Sie antwortete nicht, aber ihre Blässe schwand in Tränen, und als der Alte sich als Bräutigam ihr keck gegenüber stellte, erklärte sie laut, daß keine Gewalt sie zwingen würde, ihn zu ehelichen: mir habe sie ihr Herz geschenkt, seitdem ich sie eingesegnet, und sie habe sich nur dadurch zweimal bewegen lassen, als Braut vor den Altar zu treten, um mich recht lange mit sich beschäftigt zu sehen. Daß der Alte und sein Sohn nach dieser Erklärung uns beiden zürnte, daß die Mutter mir bald versöhnt war, als sie meine ernstlichen Absichten erkannte, daß ich nicht länger als zum Aufgebote nötig säumte, mich von dem benachbarten Pfarrer trauen zu lassen, das erraten Sie, Herr Oberst

– und noch keinen Augenblick hat mich der Entschluß gereut.“ – „Sie eilen über Ihre glücklichen Tage zu rasch hinweg“, sprach der Oberst. – „Verzeihen Sie,“ fuhr der Prediger fort, „ein Name auf Ihrem Tabaksbeutel hat mich während der letzten Hälfte meines Berichts gekränkt und zerstreut; kennen Sie in Ihrem Vaterlande einen Mann des Namens, der zu J.. ebenfalls studierte?“ – Der Oberst lächelte: „Ein solcher Mann studierte mit mir, aß und schlief mit mir, es war kurz gesagt mein Name, ehe ich den eines mütterlichen Verwandten annahm; wie konnte er Sie kränken, während ich Ihnen und Ihrer Frau von Herzen dienen möchte.“ – „Heiliger Gott,“ rief der Prediger, „reißt der Krieg viele auseinander, so führt er doch manche zusammen, wäre es nur zur Freude! Herr Oberst, haben Sie bei J... an der Gebirgsstraße eine Dorothee gekannt, die noch lange unter dem Beinamen ›der klugen Tochter‹ im Gespräche der Leute war?“ – Der Oberst wandte sich bei diesen Worten heftig um und sprach in sich: „Wer hat danach zu fragen?“ – „Sie haben diese Unglückliche gekannt,“ rief der Pfarrer, „und wollen sie verleugnen!“ – „Unglücklich? warum unglücklich?“ fragte der Oberst besänftigt, „sie war jedes Glücks würdig, und auch mein Glück ist mit ihrer lieben Nähe von mir gewichen. Wissen Sie etwas von ihr? meine Nachfragen waren vergebens, ein Studententumult verbannte mich, mein Vater sandte mich unter ein Regiment, ich hörte nichts von ihr seit dem seltsamen Abende, wo sie mir voraussagte, ich würde sie verlassen.“ – „Glauben Sie, daß ich etwas von ihr weiß,“ fuhr der Pfarrer fort, „wenn ich Ihnen erzähle, wie Sie dieselbe zum erstenmal gesehen, als sie Ihnen Erdbeeren und Milch nach der Bank vor dem Hause brachte?“ – „Ich brauche Ihnen nichts zu erzählen,“ sprach der Oberst verlegen, „ach! damals sagte ich ihr in seltsamer Heftigkeit: So lieb dir dein Leben, bring keinem Durstigen wieder Früchte, laß ihn verschmachten; es wäre auch mir besser gewesen. Ich hatte so viel von dem Mädchen gehört, ich wollte mich über sie lustig machen, weil sie in allem Wissenskram herumfaselte, aber sie war zu schön. Das arme Mädchen hatte so viel Jahre wie ein verehrtes Wallfahrtbild auf der Meeresklippe gestanden und dachte nicht, daß nach so vielen noch eine Welle kommen könnte, die sie umstieß. O die armen Mädchen, welche in der Völkerwanderung einer Universität aufwachsen! Ihre Mutter hatte sich gefreut, daß jedermann ihr Mädchen klug nannte, daß ihr die jungen Leute Bücher brachten, von denen sie selbst ergriffen waren. Sie rangen damals mit ihrer Bildung und dachten nichts Bessres tun zu können, als ihre hübsche Wirtstochter in alles das vertrakte Zeug mit einzuweihen, denn sie horchte nie auf Artigkeiten so geduldig, als wenn sie mit den Idealen und Eitelkeiten der Zeit versetzt waren. Auch mich riß ihre Schönheit hin, und ich meinte, es sei ihr Geist. Wir hörten sie geistig wachsen, denn was sie kaum erlernt, wußte sie deutlicher als wir selbst auszusprechen; wir sahen bald mit einer Ehrfurcht wie zu einem höheren Wesen empor und bemerkten nicht, daß eine heimliche Krankheit den innern Blick erhöhte, daß eine heimliche Neigung an ihrem tiefsten Innern zehrte. Ich Unglückseliger war ihr Verderber und ahnete es nicht, bis sie mir in seltsamen Visionen ihren Zustand deutlich machte, sie nannte mich ihren Verführer, als ich noch unschuldig mit den Blumen zu ihren Füßen spielte. Ich verlachte ihr Traumgesicht, und doch traf alles ein, und die Mutter duldete unsere Vertraulichkeit, weil die Tochter wieder blühend wurde, als ich mich ihr ergab. Ist sie unglücklich geworden, so möchte ich ihre Voraussagungen wie Macbeth die Hexen verfluchen, die ihm hohe Ehre verkündeten. Es war ein trüber, wehmütiger Abend, als sie mir voraussagte, ich würde sie verlassen, doch würde sie mich vor ihrem Ende sehen; am andern Tage begann der Tumult, ich ward relegiert, schrieb ihr unzählige Briefe, erhielt aber keine Antwort. Der Krieg beschäftigte bald meine ganze Seele; nach mehreren Jahren wollte ich sie mit meiner Erinnerung nicht stören, wenn sie mich für tot gehalten und andere Verbindung eingegangen wäre. Was wissen Sie von ihr? Ich habe Ihnen gebeichtet, um mir Ihr Zutrauen zu gewinnen, ich gäbe viel darum, von dem lieben Kinde wieder etwas zu hören." – „Sie sollen hören von ihr," sagte der Pfarrer, „und können Sie nichts mehr von ihr hören, so müssen Sie die arme Dorothee sehen, aber rüsten Sie sich, als ginge es in die Schrecken der Schlacht, wir gehen zu einer Sterbenden." – „Die Sterbende ist Dorothee?" fragte der Oberst mit Entsetzen. – „Die Sterbende ist Dorothee," antwortete der Pfarrer, „ist die Mutter meiner Frau, Sie sind der Vater meiner Dorothee; erst heute hat mir die Sterbende Ihren früheren Namen anvertraut." – „Segen und Fluch trifft mich wie Hagelschlag im Sonnenschein“, rief der Oberst und führte den Pfarrer mit sich fort, ohne selbst den Weg zu wissen; eine Ordonnanz folgte ihnen aus Gewohnheit, ohne vom Obersten den Befehl zu erhalten. – Die Pfarrerin saß vor dem Bette der Mutter, die ihr mit schwacher Stimme zuflüsterte, sie sterbe gewiß noch nicht, sie werde noch eine fröhliche Botschaft erhalten; da trat der Oberst, dem Pfarrer vorauseilend, in das kleine, reinliche Zimmer. Die Sonne leuchtete mit rotem Abendstrahle auf die Sterbende; der Oberst erkannte sie, denn der letzte Kampf durchglühte ihre bleichen Wangen, er sank an ihrem Bette nieder, blickte zu ihr; auch sie erkannte ihn, drückte ihm die Hand, wollte ihn küssen, da sank sie auf ihr Lager nieder und verschied. Der Oberst wollte sie mit allen jammervollen Beschwörungen seiner Liebe erwecken, aber er hatte kein Recht mehr über sie, sie gehörte schon dem Himmel. „Liebes Kind,“ sagte der Oberst zur Pfarrerin, „hasse nicht deinen Vater, daß er so lange nicht für dich sorgte, er wußte nichts von deinem Dasein! Was ich erwarb, sei dein, aber was ist das gegen die Jahre, die ich unwissend dem Leben deiner Mutter raubte.“ Die Tochter verstand nicht, warum er sie als Tochter begrüßte, aber sie folgte dem Wink ihres Mannes und dem Gefühle ihres Herzens, sie küßte seine Hand; aus dem Todeshauche der Mutter war ihr der Vater entstanden, das erklärte ihr der Pfarrer mit flüchtigen Worten, die ihr kindliches Herz mit steigender Liebe schwellten. Und wie sie so im Arme des Obersten lag, da trat eine uralte Frau in Reisekleidern ein und fragte weinend nach ihrer Tochter Dorothee, die ihr geschrieben, die sie an ihr Sterbebette gerufen hätte. „Wer seid Ihr, gute Frau?“ fragte der Pfarrer, aber die Alte hörte nicht, sie war schon lange taub. Der Oberst winkte dem Pfarrer und sprach leise: „Es ist die alte Wirtin vom Gebürge, die Mutter meiner Dorothee, die Großmutter Ihrer Frau, könnten wir ihr den Schmerz ersparen, die Tochter tot zu finden!“ – Die Alte hatte sich unterdessen schon der Pfarrerin genähert, schrie auf vor Freude, daß sie so gesund sei, wie sie jemals gewesen, jetzt müsse sie schelten, daß sie ihr den Schreck gemacht, sich totkrank auszugeben, um sich mit ihr zu versöhnen. Die Pfarrerin wollte sie belehren, aber die Alte hörte nichts in ihrer Taubheit, sie freute sich, mit ihren blöden Augen die Tochter gleich erkannt zu haben, und als sie den Obersten auch erkannte, sagte sie ihm, er sei älter geworden, aber er scheine ihre Tochter noch wie sonst zu lieben, und so solle alles vergeben und vergessen sein, daß er sie einst für so viel Liebe habe sitzen lassen. Die gesprächige Alte war so ganz mit den Lebenden beschäftigt, so von Freude überfüllt, daß sie der Toten nicht achtete, sie küßte tausendmal die Enkelin als ihre Tochter und warf ihr vor, daß sie so lange geschwiegen, da sie ihr doch längst den Fehler verziehen gehabt. „Ich hätte es nicht überlebt," sagte sie, „wenn ich dich tot gefunden, nein, alles in der Ordnung, die Alten bestellen den Kindern ihren Platz im Himmel, wie sie schon auf Erden eine Wiege ihnen bereiten." Dem Obersten schauderte bei den Worten, und er führte beide Frauen der Türe zu, die Stube schien ihm ein Grab, worin er, lebend begraben, die Gespräche der Verweseten höre, ihm war wie einem Sterblichen, der unbewußt in die Gesellschaft von Geistern geraten ist und nicht weiß, ob es Täuschung sei, ob er die Täuschung stören könne und dürfe, und doch fürchtet, wahnsinnig in diesem Umgange zu werden. – Da durchdrang ihn draußen der freie Himmel und seine Regimentsmusik wie der Stundenschlag, der die Geisterstunde endet; schon waren alle zum Abmarsch gesammelt, alle harrten auf ihn, auf den geliebten Führer, ihn rief die ernste Pflicht, der er sein Leben verschworen hatte. Kaum waren die beiden Frauen entfernt, kaum hatte er seinen Befehl zum Abmarsch der Ordonnanz gegeben, so kehrte er zur Toten und zum Pfarrer in das dunkle Zimmer zurück, warf sich noch einmal bei der Verblichenen nieder, küßte sie noch einmal, drückte dem Pfarrer seine Brieftasche in die Hand mit einem Schwure, es sei alles was er habe, es sei die Mitgabe seiner Tochter. Der Pfarrer flehte ihn an, daß er unter ihnen weile, daß er sich unter ihnen ausruhe bei seinem einzigen Kinde. „Draußen warten meiner tausend liebe Söhne", antwortete der Oberst; „der Himmel hat mich nicht umsonst dem feierlichen Leben entrissen, denn vergessen hatte er's mir nicht, was ich als Jüngling mir als Glück träumte, er führte mich zum Troste in dessen Nichtigkeit, hier sah ich Tod und Täuschung als Grenze aller Bestrebungen fürs häusliche Glück, will sehen, ob etwas anderes, etwas Daurendes die Bahn des Kriegers schließt; versuch's auch auf deiner frommen Bahn, breite Gottes Reich als frommer Streiter auf Erden aus und bete für mich, denn dazu fehlt mir die Zeit und das Wort. Der Oberst mochte wohl noch einmal die Tochter geküßt haben, bald hörte aber der Pfarrer den Hufschlag seines Pferdes, er hörte den Aufbruch des Regiments und dachte einsam bei der lieben Toten:

Der Mensch ist bald vergessen,
Der Mensch vergißt so bald,
Der Mensch hat nichts besessen,
Er sterb' jung oder alt.

Der Mensch ist bald vergessen,
Nur Gott vergißt uns nicht,
Hat unser Herz ermessen,
Wenn es in Schmerzen bricht.

Wir steigen im Gebete
Zu ihm, wie aus dem Tod,
Sein Hauch, der uns durchwehte,
Tat unserm Herzen not.

Letzter Brief eines Freiwilligen 1813

Lieber Freund!

Das Leben ist mir durch die Güte des Arztes aufgekündigt, ich muß leider ziehen, aber nichts würde mich so schmerzlich gekränkt haben, als wenn er mich mit guten Hoffnungen aus der Welt hinausgelogen hätte. Er hat noch mehr Güte gegen mich, er will auch diesen Brief an dich befördern, der kein Abschied von dir werden soll, weil ich den längst von dir genommen habe, sondern mein Vermächtnis, ein Angedenken von allem dem, was ich in den letzten Stunden gedacht habe; wer verlangt von einem Angedenken, daß es viel wert sei, – wenn es nur wert gehalten wird. Du weißt, daß auch mich eine *politische* Meinung den Waffen zugeführt hat; unter den Waffen aber fand ich *mein Vaterland* und *mein Volk*, das ich so lange vermißt und vergebens gesucht hatte. Nun wundre ich mich, wie ich mit meinen genügsamen Brüdern alles vergessen habe, was ich einst gedacht. Die Notdurft hat uns miteinander auch geistig in Reih und Glied gestellt, ich habe viel gelernt, ich wünsche, daß sie brauchen können, was sie von mir gelernt haben. Alles andere, warum ich mich sonst liebte, was ich als wahr und herrlich mit der Inbrunst meines Geistes geboren, mag ihnen vielleicht unverstanden bleiben, aber untergehen wird es nicht, es klingt wieder in der ganzen Welt, auch ohne Worte, sowie auch mich eine Stimme von jenseit ruft, die ich nicht nennen kann. Von dem allen sage ich auch dir kein Wort, sondern ich spreche vom nächsten Nützlichen über meine tägliche Erfahrung. Täglich sollte es gesagt werden, daß nur darum so viel Falschheit und Verkehrtheit in der Welt sei, weil die Menschen sich scheuen, ihre Überzeugung wahr und frei auszusprechen; in solchen Zeiten, wie die unsere, überzeugt sich der Wahrheitliebende recht, wieviel Unbestimmtes, Unausgemachtes, wieviel Nachgesprochnes oder bloß Gesprochnes in der Welt gilt, wie sich der ernste Mensch in den bedeutendsten Zweifeln ohne Trost und Rat ganz auf sich zurückgeworfen fühlt; und wie wenig der einzelne sei, das fühlt sich nur lebendig im Gebet und in der Schlacht. Darum ehre den

Widerspruch höher als die Zustimmung, meide vor allem die Heimlichkeitskrämereien, besonders wo vom Geschicke der Völker die Rede. Das absichtliche Geheimnis hat nur im praktischen Leben seine Anwendung; wo aber noch so viel Undurchdringliches und Geheimnisvolles wie in Meinungen anzutreffen ist, da kann nicht laut genug darüber verhandelt werden. Wer seiner Meinung die Öffentlichkeit schädlich glaubt, der kann von ihrer innern Verderblichkeit überzeugt sein, es muß aber an den Tag kommen, welcher Geist quält und zerstört, und welcher beseligt und beseelt. Von denen, die wir gehört haben, sind mir die Überklugen besonders verhaßt geworden, denen alles schon bestimmt und abgelaufen ist, weil sie von nichts mehr mit der frischen vielfachen Bestimmbarkeit des Lebens ergriffen werden, die in der ganzen Zeitgeschichte nur das lesen, was sie zum Beweise ihrer Voraussetzungen brauchen können, die alle unendlichen Weltgeschicke aus einer armseligen Regel herleiten möchten. Solche Leute kamen leicht auf den Einfall, das Volk bearbeiten zu wollen, nämlich, durch kleine Listen es von dem überreden, nicht überzeugen zu wollen, was sie bequem finden, zu glauben und zu tun. Zwar bleibt es gewöhnlich dabei, daß das Volk sie über die unnütze Mühe verlacht, manchmal geht es aber schlimmer ab für einen von beiden, oder für beide; daher kommt es, daß solche Leute in rascher Abwechselung ganze Völker in einem Augenblicke aufgeben, in anderm die unnützesten Wunder von ihnen erwarten. – Sie berühren sich in ihrer Willkürlichkeit mit gewissen enthusiastischen Systemmachern, die eine eigne Geschichte sich schaffen oder auch gar keine brauchen, sondern Nationen nach ihren Wünschen vorhanden glauben und über Gott zornig werden, wenn es nicht zutrifft. Diese Systematiker möchten gern ohne nähere Betrachtung alles Herrliche der einzelnen deutschen Völker einem hohlen Wortideale von Deutschland opfern, wie es nie vorhanden gewesen ist, und wie es nie entstehen kann, da alles, was für ein Volk bestehen soll, seine zähen Wurzeln aus einer unendlichen Vergangenheit, also in sich selbst und in seiner allgemeinen Geschichte, nicht aber aus einem Menschen oder aus einem fremden, nachzubildenden Musterlande treibt und ernährt. Nur ein guter Preuße, Bayer, Österreicher usw. wird auch ein guter Deutscher im höchsten

Sinne des Worts werden, jedes von diesen Völkern hat sein Gutes, aber sie gehören alle zum Heil des Ganzen, jedes mag seiner ruhmvollen Zeit wohlgedenken, aber nicht um damit gegenwärtige Schwache zu decken, sondern daß jedes an seiner Stelle das Seine tue; wehe jedem, das nur klug ist, dem andern die Gefahr aufzuwälzen, wehe jedem, der klug gewesen und nichts getan hat, denn er hat seine Zeit verloren! Die Zeit wird aber vor allem mächtig auftreten, nicht umsonst wird so viel von der Zeit gesprochen, jede Tat bedarf nicht nur der rechten Stunde, sondern auch des rechten Augenblicks zu ihrer Geburt und darum steter Geistesgegenwart, diese Stunde zu ahnden, den Augenblick zu benutzen. Freiheit von Leiden und Freuden bedarf jetzt ein Held, der alle führen soll, ein Leben im Ganzen, eine Ergebenheit in den Tod. Das alles fordert diese Zeit, und diese letzte Ergebenheit ist mir allein von allem geworden, ich sterbe unberühmt, aber nicht unnütz, ich habe gelebt für das Ganze, bald lebe ich mit ihm. Gott vergißt keinen in seiner letzten Not, der des Vaterlandes Not nicht vergessen hat, – ich hätte dir noch viel zu sagen – lebe wohl, sterbe frei und willig, – ich rufe mit Gustav Adolf: „Der allmächtige Gott wird nicht weniger leben, wenn ich sterbe!“

Am Dankfeste der Schlacht bei Leipzig

Berlin, Sonntag den 24. Oktober 1813

Die stille Nacht hat den freudigen Mund des Volkes geschlossen, die feierliche Erleuchtung der Stadt ist erloschen, der Tag geht vorüber, aber nicht sein Heil. Wer fromm gebetet, wer herzlich geglaubt, wer mutig gelitten, wer treulich gestritten, jeder hat und behält seinen Teil an diesem Tage des öffentlichen Dankes; es wäre zu schwer, alle Erinnerungen, alle Erwartungen, alle Gedanken und Gefühle darlegen zu wollen, und karg möchte es scheinen, bei dem einzelnen eignen Gefühle zu weilen. Die Kunde des Tages gehe also lebendig von Mund zu Mund, der künftigen Zeit wird es genug sein, hier zu lesen, daß an demselben 24. Oktober, der vor sieben Jahren den Feind der Deutschen nach der Zerstreuung unsres Heeres im Triumphe durch unsre Straßen ziehen sah, heute das Dankfest für die Siege des Heeres, für die Befreiung Deutschlands gefeiert wurde, daß der entsühnten Stadt an diesem Tage die segnende Überraschung wurde, den geliebten König, der seine Heldenstirn allen Gefahren mutvoll entgegengestellt, der mit seinem guten Geiste den bösen Geist, der die Welt quälte, bestritten hat, in der Gesundheit und Freude eines reichen, großen Lebens durch dieselben Straßen, ohne Prunk, aber mit der Herrlichkeit eines befriedigten Herzens einziehen zu sehen, um mit dem tiefgerührten Volke dem Herrn der Heerscharen für die Befreiung öffentlich zu danken.